餐桌笑话

Great Originality in Little Jokes

小笑话大创意

《故事会》编

上海文艺出版社 上海故事会文化传媒有限公司

图书在版编目（CIP）数据

小笑话 大创意 ：餐桌笑话 /《故事会》编辑部编
. -- 上海 ：上海文艺出版社，2022
ISBN 978-7-5321-8487-3

Ⅰ. ①小… Ⅱ. ①故… Ⅲ. ①笑话－作品集－世界
Ⅳ. ①I17

中国版本图书馆 CIP 数据核字（2022）第 168935 号

小笑话 大创意：餐桌笑话

著　　者：《故事会》编辑部编
主　　编：夏一鸣
副 主 编：高　健
编辑成员：蔡美凤 胡捷 吴艳 杨怡君

责任编辑：胡　捷
装帧设计：周艳梅
图文制作：费红莲
责任督印：张　凯

出　　版：上海文艺出版社
出　　品：上海故事会文化传媒有限公司
（201101 上海市闵行区号景路159弄A座3楼　www.storychina.cn）
发　　行：北京中版国际教育技术装备有限公司
印　　刷：天津旭丰源印刷有限公司
开　　本：787毫米x1092毫米　1/32　印张4
版　　次：2022年10月第1版　2022年10月第1次印刷
I S B N：978-7-5321-8487-3/I.6695
定　　价：22.00元

是它，让平淡的生活多了一种味道

美国的一家咨询机构曾经做过一次别出心裁的调查："你身边什么样的人最受欢迎？"本以为对于这个问题的回答定会丰富多彩、千奇百怪，统计结果却出现了惊人的一致性：懂得幽默、富有幽默感的人是最受欢迎的。人们都喜欢与幽默的人一起工作、共同生活，幽默成了智慧、魅力、风度、修养等高贵品质的代名词。

对于幽默的内涵，一位博友曾有过非常精辟的描述：所谓幽默是智者在洞悉人情冷暖之后，传达出的一种认识独特、角度别致、形式上喜闻乐见的信息，从而引起众人会心一笑的过程。可见，幽默是一种乐观的人生态度、机智的思维方式、轻松的心态和宽容的胸怀。

一位外国作家曾经提及这样一个故事：如果人群中有一个危险分子，而你不知道他是谁，那么请你讲一个笑话，有正常反应及有幽默感的人大体是好人。可见幽默已经成为衡量人生的重要标准。只有欣赏幽默的人，才能细细品味多彩的生活，悉心感受美丽的人生。

幽默的力量还可以化解生活中的尴尬场面，使人轻松摆脱不快的情绪，更好地树立形象，增加人格魅力和亲和力。一次，美国总统林肯与一位朋友边走边交谈，当他们走至回廊时，一队等候总统检阅的士兵齐声欢呼起来，但那位朋友并没有及时离开，军官不得不走上前来提醒，这位朋友因为自己的失礼涨红了脸，但林肯立即微笑着对他的朋友说："先生，你要知道也许他们还分辨不清谁是总统呢！"总统这样一句简单的话语，就完全消除了朋友的不安，很快缓和了当时的氛围。

幽默虽不能决定人们的衣食住行，但已经成为生活中必要的调味品和润滑剂。它可以使人们和周围的环境更融洽，让人们始终保持轻松愉快的心情，让平凡的生活充满欢笑。

因此作家王蒙才会如此迷恋幽默，他说："我喜欢幽默。我希望多一点幽默。从容才能幽默，平等待人才能幽默，超脱才能幽默，游刃有余才能幽默，聪明透彻才能幽默。"幽默倡导了一种全新的快乐理念和生活风尚。

《故事会》杂志多年来一直为广大读者奉献最为精彩的小幽默小笑话，其中所包含的机智的风格、幽默的情趣和达观的态度长久以来影响与感染了一批又一批读者。我们的编辑从这个幽默宝库中，经过前期的选题策划、中期的分类归总、后期的修改雕琢，精挑细选出了上千个笑话精品，于是才产生了这套极具特色的作品集。可以说这套笑话丛书是当之无愧的幽默精品，它凝聚了《故事会》编辑部的所有编辑的智慧与辛劳。

此套丛书以笑话为载体，讲述了人生百态，幽默诙谐，令你忍俊不禁，让读者在轻松幽默的氛围中品味人生、领悟真理。该丛书最大的亮点在于强化了色彩元素，12 本书按照内容的定位,每本都有自己的色调。

懂生活才懂幽默,懂幽默才能更好地品味生活。希望这套笑话丛书能够带给广大读者一种全新的幽默体验,营造一种特别的幽默氛围,唤醒我们的幽默潜能,自娱自乐自赏自识,快慰从容地去品味幽默,享受生活。

编者

2022 年 7 月

目录

1. 如愿以偿

在美术馆里，一位男士一边欣赏一幅油画，一边坐下来夸赞道："多么不凡的天才之作。"

他悄声对站在旁边的画家说："我真希望能够把这些奇妙的色彩带回家去。"

画家答道："你会如愿以偿的。你正坐在我的调色板上。"

2. 这已够便宜

一位顾客上馆子吃早餐，服务员给他端来一盘煎蛋，价钱50美分。

他认为太贵，要求退掉。

服务员耐心地向他解释："先生，不要这样简单地看问题，要知道，一只母鸡需工作一整天才能生出这个蛋，50美分已经够便宜了。"

3. 看不见

小刘眼里落进了沙子，让大刘给看一下。

大刘不耐烦地说："沙子在你眼里，连你自己都看不见，别人就更看不见了。"

4. 衣服变了

妻子出门前一连试了十几套衣服都不满意，埋怨说："怎么搞的，这些衣服以前挺合适的，怎么现在穿上像裹粽子一样？"

丈夫抬头看了一眼说："亲爱的，这是粽子馅的问题，不是粽子叶的问题！"

5. 地道的骗子

酒吧里，愤怒的丈夫对朋友说："我的太太是个骗子。"

"你怎么知道？"朋友问。

"昨天她整夜没有回家，我问她上哪儿去了，她告诉我整夜都与她妹妹爱莉在一起。"

"这是真的吗？"朋友又问。

"她是个骗子，因为昨天整个晚上，爱莉是与我在一起的。"丈夫回答。

6. 结果不同

一家人到海滩度假。一个美丽的姑娘从他们跟前走过，儿子目不转睛地看着她远去。

妻子察觉后对丈夫说："咱们的儿子长大了。"

几分钟后，又有一个穿着比基尼泳装的少妇从他们跟前走过，丈夫禁不住投去爱慕的眼光。

妻子用肘碰他，低声责备："嗨，别那么孩子气。"

7. 同上

丈夫正在专心写论文，妻子突然在旁打了个喷嚏，丈夫打趣说："万事大吉。"

过了一会，妻子忍不住又打了一个喷嚏，丈夫眨眨眼，说："同上。"

8. 借刀杀人

精彩的魔术演出结束后，剧场后面的一个男子对魔术师喊："你能告诉我其中的奥秘吗？"

魔术师："我可以告诉你，但是告诉你之后必须杀了你。"

沉默了片刻，那个人又喊道："要是那样的话，你告诉我妻子怎么样？"

9. 夫妻之间

肖恩先生下班回家，他夫人正穿着一件又破又烂的旧衣服在打扫房间。

肖恩先生很不高兴地说："难道你就用这种打扮来迎接一个劳累了一天的人吗？"

肖恩先生的这番话正巧被邻居布朗夫人听到了。布朗夫人灵机一动，立刻打开衣柜，挑了一套自己认为最漂亮的衣服换上，又对着镜子精心化了一番妆。

不一会儿，布朗先生回来了，当他看到夫人这身打扮时，不禁生气地喊道："天哪，你今天晚上又要到哪里去鬼混？"

10. 形影不离

伊戈尔问度假归来的同事："你这个夏天休息得怎么样？"

"棒极了，在疗养院中我遇到好多漂亮女人。如果你愿意的话，我可以让你看一看她们的照片。"

看了那些女人的合影，伊戈尔只吓得魂飞魄散，因为里面有他的妻子！

"这个女人表现怎样？"他指着妻子不无惊恐地问道。

同事不无遗憾地叹了口气："咳，那可是个无法勾引的漂亮女人，她对别的男人根本就不屑一顾，整天只是和丈夫形影不离地待在一起。"

11. 晚归早起

两个同事路上遇到。

一个跟另一个打招呼道："彼特，你今天的气色不好，出了什么事？"

另一个回答说："我昨天晚上出去，天亮了才回家，正在脱衣服的时候，太太醒来了，问我为什么起得这么早，我只好顺水推舟，又穿上衣服来上班了。”

12. 后代支付

一家饭店门前贴着一张告示：“凡在本店用餐，费用可由后代支付。”

一位顾客看到告示喜出望外。他一大早就走进那家饭店，要了一份考究的饭菜和一瓶价格昂贵的白兰地。

当他酒足饭饱正要起身时，服务生过来收钱。

他指着那告示说：“那上面不是写着费用由后代支付吗？”

服务生回答说：“没错，先生，您要付的是您曾祖父的饭钱。”

13. 雨天的忧虑

办公室里两名职员收拾东西准备下班，一名职员看了看窗外说：“糟了！大雨来了，妻子又没带伞。”

另一个安慰道：“别担心，我想她总会就近到什么百货商场去躲一躲的。”

这个人哭丧着脸说：“这正是我所担心的。”

14. 双层公车

有一个外国人第一次到香港，一天，他去乘双层公交车。

一上车，司机就请他坐上面，于是外国人就往上面走。可是过了一会，外国人又走了下来，他有点生气地说："别骗我了，上面根本就没有司机。"

15. 干净的杯子

饭店里来了三个客人。一个客人说："我要一杯啤酒。"

另一个客人说："我也要一杯。"

第三个客人说："我也来一杯。不过，杯子要干净的。"

服务员端来饮料，看看在场的客人，问："谁的啤酒要干净的杯子？"

16. 一只腿的鸡

客人生气地冲着忙忙碌碌的服务员嚷道："这是怎么回事？我订的烤鸡只有一条腿。"

"先生，您到底要吃它，还是要同它跳舞！？"服务员回答说。

17. 只有一只

餐厅里客人彬彬有礼地问道："服务员，您说，这是供两人吃的什锦色拉吗？"

服务员回答说："那当然，我的先生。"

客人继续保持礼貌地说："哦，是这样。那为什么色拉里只有一只苍蝇呢！"

18. 订烤鸭

客人等着上菜吃饭。

等得实在有些不耐烦，于是跑去服务台："服务员，我订的烤鸭还得多久呀？"

服务员回答说："要等到别的客人也订烤鸭的时候。"

客人大为不解："为什么？"

"因为您只订了半只呀。"

19. 拿获胜的虾来

在一家饭馆里，一个顾客对服务员说："您看，这只虾没有须。"

服务员解释说："它在厨房里和别的虾打架，所以它的须被咬掉了。"

"这样的话，请你把这只虾拿回去，上那只获胜的虾。"顾客说。

20. 原来如此

父亲喝醉酒回到家，倒头便睡。

睡了一会儿，父亲突然坐起来喃喃道："水，水！"

儿子给父亲倒了一碗水，父亲接过来一饮而尽，随即在墙上胡乱抓了几把，又睡了。

又过了一段时间，父亲又起来嚷着要喝水，儿子又倒了一碗给他，父亲喝完后又在墙上胡乱抓了几把。

儿子很奇怪为什么父亲会这样，于是自己也倒了一碗水，学着父亲的样子一饮而尽。

不料，儿子也在墙壁上胡乱抓了起来，嘴里喊道："我的妈呀，这么烫！"

21. 见鬼了

王小姐去参加一个朋友的生日晚会，闹到半夜才结束，只好乘末班车回家。

赶到车站，车子正巧缓缓进站，车速比老牛拖破车还慢。

王小姐见车门开着，一步蹦了上去，可是车上一个人也没有，连司机也不在。没人，车怎么自己会开？王小姐心里一阵发毛，拔脚就逃，跌跌撞撞滚下车，突然发现车后有两个人，定睛一看，原来是司机和售票员在推车。

22. 买乐器

一个醉鬼摇摇晃晃地走进乐器商店，他对售货员说："我要这把红色的小号和那架白色的手风琴。"

售货员忍住笑，说："对不起，先生。您大概看错了，这不过是一个灭火器；而那个是我们店里的暖气片儿。"

23. 规定

两个女郎在湖边散步，因为天气炎热，她俩决定下湖游泳消暑。

她们脱掉衣服刚要下水，忽听一个小伙子喊："对不起，小姐，湖里不准游泳！"

两女郎不高兴地问："你为什么不早说？"

小伙子振振有词地解释："小姐，这里没有规定不准在湖边脱衣服！"

24. 富翁砸灯

有个百万富翁一天走进一家灯具店，转了一圈之后，他抬手指着挂在天花板上的那顶水晶吊灯，问售货员："喂，这东西值多少钱？"

售货员打量了一下眼前的顾客，其貌不扬，以为他只不过是好奇而已，就没再理会他。富翁又问了几声，售货员还是置之不理。

这下富翁火了，他抡起了自己的手杖，就向水晶吊灯砸去，只听“砰”的一声，水晶灯全碎了，售货员“呀”地尖叫起来。那富翁对售货员说：“现在我可以知道这个吊灯的价钱吗？”

25. 君子报仇

约翰和一个牵着导盲犬的盲人一起等着过马路。

约翰发现，绿灯亮了，那只狗并没领着盲人穿过马路，反而在盲人的脚背上撒了一泡尿。盲人似乎并不在意，还笑嘻嘻地从口袋里掏出块饼干塞给狗吃。

约翰觉得很有意思，他对盲人说：“你真好。要换了我，非狠狠踢它的屁股不可。”

盲人听了，慢吞吞地说：“是呀，我正打算这么干，可我先得弄清楚它的头在哪一边。”

26. 送醉鬼

深夜，饭店看门人叫了一辆出租车，同司机一起将三个喝得酩酊大醉的食客安顿在后排座椅上。

看门人对司机说：“请记住，右面这个人你把他送到明斯基大街 12 号；中间这个人送到堤岸路 35 号；左面这个人送到枫林道 20 号，多谢了。”

过了约一刻钟的工夫，出租车又开了回来。

司机找到了饭店看门人，不好意思地对他说："刚才过一个十字路口时，碰到紧急情况，我不得不一个急刹车，结果真糟糕，这三个人都滚到了座位下，位置全乱了……"

27. 可怜我吧

一个商人在公园散步。

突然，有个人出现在他面前，说道："先生，可怜可怜我，给我点钱吧。我失业了……现在没有工作，没有钱，家里还有老人、老婆、孩子，身上一无所有……除了……这把枪。"

28. 一条床单

塞顿夫人怒气冲冲地闯进洗衣店，对店主说："你居然有胆量称自己为洗衣大王？看看你们的杰作！"她说着往桌上扔了一条粗绳。

店主看了又看，最后说："夫人，这条粗绳很好啊！"

"粗绳？"赛顿夫人几乎要气炸了，"我拿来的可是一条床单！"

29. 再来一遍

歌唱家首次演出。他唱的第一支咏叹调获得了满场喝彩，听众们在下面喊道:“再来一遍!再来一遍!”

他就又唱了一遍。谁知听众们还不过瘾,于是唱了第三遍、第四遍……最后,他累得精疲力竭,只好气喘吁吁地问台下:“我还得唱几遍呀?”

听众们回答:“直到你唱准了为止。”

30. 生日礼物

一天,一位顾客正在狗商店选购狗服装。

他尽量向店员描述自己的那个只狗,但是,店员听了半天仍没听明白,于是就建议他把狗带来,以便让它能穿上合适的衣服。

这位顾客连连摇头,说:“我不能这样做,因为这是给狗的生日礼物,我不想让它知道。”

31. 学聪明的后果

一天,皮尔对他的好友感叹说:“两年前我们外出度假,家中无人,小偷撬门进来,窃走的东西价值250美元。去年,我学聪明了。临行前,我把家里所有的电灯、收音机、电视机都打开了。这样,小偷是不敢来了,家中的物品也没被偷走。但是,我们度假回来后,电力公司竟向我们收取电费523美元。”

32. 喜旧厌新

有个车行在街头摆上全新、半新和破旧三种类型的单车，这些单车看标价和牌号，完全一样。

旁观者迷惑不解，再看那些买车的人，不买新车，却单挑那破单车，于是，就拉住买车的人，询问其中的缘故。

买车人说道："全新的，今晚就会不翼而飞；半新的，用两三天也会被偷走；只有这破车，才归我自己所有。"

33. 醉汉换车

一个海军军官在公共汽车上站着，被一个醉汉拉住衣袖，非要向他买车票。

军官说："朋友，我不是售票员，我是海军军官。"

醉汉恍然大悟，高声喊道："请你把船停下来，我要坐汽车！"

34. 卖水果的

一次，上尉陪同一位中校检阅新兵时问排长："为什么你把个子高、脸蛋漂亮的都排在前边，而把长得丑的矮个子全部排在后边呢？"

"报告上尉，"排长随即回答道，"我在入伍之前，是摆摊卖水果的！"

35. 再来一份

一位顾客在某餐厅吃午饭。他点了一客牛排。

快要吃完的时候，他非常意外地发现牛排里有一只苍蝇，便十分气愤地叫来服务员问是怎么回事。

服务员不慌不忙地说："先生，你抽中了本餐厅再来一份的大奖。"

36. 花样繁多

顾客用餐完毕对服务员说："你们饭馆的米饭真不错，花样繁多。"

服务员问："不就一种吗？"

顾客回答："不，有生的，有熟的，有半生不熟的。"

37. 视差

顾客对服务员大声嚷嚷道："喂，小姐，最近你们这里饭菜分量减少了很多。"

服务员不慌不忙地解释："这可能是视差的缘故，先生。因为大厅的面积扩大了。"

38. 早餐和午餐

休斯教授在餐桌边已坐等多时，最后终于看到服务生走过来。

“你想吃点什么？”服务生问。

休斯笑着说：“刚来时我想吃早餐，现在我想大概该吃午餐了。”

39. 开战之前

有个人匆匆忙忙跑进餐馆吩咐侍者：“趁尚未开战，给我来碗汤！”

侍者吃了一惊，见他着急的神色，只得匆忙地把汤端了上来。

“快！趁开战之前，给我来份什锦色拉、鱼排和罗宋汤！”那人又急忙说道。

吃惊的侍者同样以快速的节奏端上菜来。

那人吃完后，又对侍者说：“大战马上要爆发了！你快去拿杯咖啡和一盒香烟过来，让我细细告诉你！”

侍者飞速取来咖啡和烟，然后神情激动地坐在旁边，等候最新消息的发布。

那人悠然地吐出了一个烟圈，又用指头把烟弄熄了，说：“看大战爆发了！但是，我没钱付账！”

40. 地址大全

在饭店里，一名旅客在咨询台询问："服务员，把你们的电话号码簿拿给我，我要找个地址。"

服务员："很抱歉，先生，我们这里没有电话号码簿，不过我倒是可以把意见簿拿给您，您可以从上面找到我们这个城市几乎所有居民的地址。"

41. 误解

雅惠与好友相聚，她感叹自己都二十八了还没有男朋友。

好友们批评她太"大女人主义"，劝她要对男性多说些赞美的话。

聚会结束后，她们在回家的路上拦了一部计程车，雅惠想按照好友的话试一试，于是一上车便对男司机恭维道："司机先生，你好帅啊！"

只见那司机转过头来，严肃地说："小姐，你们是不是忘了带钱？"

42. 不同的恋爱

两个男人在聊他们新近的恋爱经历。

尼科说："我爱上公司鞋袜柜的小姐以后，每天都去她的柜台买一双袜子。"

威利说："噢，你真幸运！我爱上宝石柜的小姐后，只去买过一次宝石戒指，就已经招架不住了！"

43. 错过机会

在旅馆里，一青年进错了一个老太婆的房间。

"对不起，我走错了房间。"青年抱歉地说。

"你没有错，"老太婆微微一笑，"只不过你迟进了四十五年。"

44. 指挥棒

佳佳跟妈妈去听音乐会。

佳佳问："妈妈，站在乐队前面的那个人，拿根棒棒在干什么呀？"

妈妈答道："我的乖孩子，你看见那些乐器了吗？它们发出了不同的声音，那个人就用小棒把它们搅匀了！"

45. 保持镇静

超级市场里，一个男人推着购物车，车内一个小孩正尖声叫嚷，嚎啕大哭。

那男人一边推着车，一边轻声说："小龙，不要紧张啦。小龙，不要尖叫呀。小龙，不要大喊。小龙，保持镇静。"

"你这么有耐性安慰儿子，真是很难得。"一个女顾客对他说。

“小姐，你误会了，” 男人说，“我才是小龙。”

46. 立体电影

杰克和路易看一部新的立体电影，电影一开始就是令人紧张的滑行轨道车场面。

电影刚开始放映，杰克的脸就变成了浅绿色。

“对不起，” 杰克对他的同伴路易说，“我得离开这儿，我觉得恶心。”

“你能不能坐下，别像一个小孩子！” 路易要求说，“这只是一部电影。”

一分钟后轨道车呼啸着滑下一个陡坡，杰克呻吟着说：“我想呼吸一些新鲜空气。”

“坐下，” 他的朋友路易小声说，“你太使我难堪了，这是一部电影。”

几秒钟后杰克脸色灰白站了起来。

“我的上帝，” 他说，“我不能待在这儿了，我一定得离开。”

“听着，” 他的同伴路易大声吼叫着，“你能不能坐下，要不我们都得从这玩意儿里摔出去，去见上帝！”

47. 没有了

一位顾客走进一家餐馆，把大衣挂在衣帽间，然后坐到桌子旁，要了一份牛排。

侍者从厨房出来说："对不起，牛排没有了。"

顾客又要了一份红烧猪肉，侍者又从厨房空手而回，说："对不起，也没有了。"

顾客又选了几样其他的菜，但什么也没有。

最后顾客生气了，他对侍者说："把我的大衣拿来吧！"

过了一会儿，侍者从衣帽间出来，对这位可怜的顾客说："很抱歉，也没有了！"

48. 啤酒

两个醉鬼在路口碰到。

伊万说："昨天晚上，我带了五升啤酒回家，在楼梯上滑倒了！"

瓦西里心疼地问："那啤酒全洒了？"

"没有！我咬紧牙关闭紧嘴，一滴也没损失！"伊万得意地说。

49. 为什么打架

法庭上，法官正在审理一桩打架斗殴事件。

"为什么打架？"法官问。

"当时我很平静地在电话亭内跟我的女朋友聊天。"年轻人说,"这时那个家伙走过来了,他要打电话,我不让他打,他就把我从电话亭内赶了出来。"

"这也怪不得你发脾气了。"法官想了想说。

"不只这样,"年轻人补充说,"他把我的女朋友也从电话亭里赶了出来!"

50. 让座

有一回,小明在车上看见一位老大爷给一个姑娘让座。

老大爷说:"孩子啊,你坐下吧。"

那个姑娘坐下后,感激地问老大爷:"您是不是要下车?"

老大爷摇摇头说:"孩子不是这样的。我给你让座是因为你吃的点心渣总是掉在我的脑袋上和脖子里。"

51. 弥补

汤姆看到坐在他一旁的杰克在拼命地喝水,觉得奇怪,便问:"杰克,你为什么喝这么多水呀?"

杰克回答:"我刚刚吃了一个苹果。"

汤姆:"这和喝水有什么关系?"杰克:"我忘了洗苹果了!"

52. 晚宴

一上班，甲就迫不及待地问乙："昨天的晚宴怎么样？"

乙感慨良深的回答："一言难尽。如果汤像酒一样热，酒像鸡一样老，鸡像女主人一样肥，那就算得上一个真正愉快的晚宴了。"

53. 如此风韵

一位浓妆艳抹的夫人趁大减价时，在百货公司购买了大批衣物。不料她离开百货公司后突然发现自己少拿了一袋衣物，于是急忙回去寻找。

店员一见她就说："夫人，你的东西我们替你保管得好好的。"

夫人为店员能准确无误地辨认她的容貌而高兴，于是对店员表示了感谢。她取回衣服正要检查时，发现包装袋上写着——"特征：体肥、鼻红、声沙、发乱……"

54. 付账

一位刚刚吃过饭的顾客趴在桌上酣睡。

两个服务员站在桌子旁，彼此交谈道："我们立刻叫醒他，然后可以把他放到街上，你看怎么样？"

"当然不行！你不知道我今天多走运，每次叫醒他，他都会付一次账，接着再睡！”

55. 网迷

丽娜突然大叫起来：“快来看呀，好大一只蜘蛛！”

伍德急着问道：“在哪里？”

“就在网上。”

伍德立即将自己的电脑打开：“在哪个网址？”

56. 这才有趣

一个小伙子无聊得很，他想：“人家说捡到钱就兴高采烈，是真的吗？我也试试看！”于是他掏出自己的钱扔在地上，然后捡起来，可是索然无味。

“再扔远点试试吧。”他用劲一扔，钱滚进了阴沟。

他用了三小时，在阴沟里掏了又掏、摸了摸，终于把钱找到了。

“我明白了，这才会兴高采烈！。”小伙子说。

57. 游泳教练

有一位游泳教练个性开朗，嗓门极大。

一天，他正在逛商场，拥挤的人流中突然有位女士跟他打招呼。

教练愣了片刻，随即大声说：“啊，原来是你！你穿上衣服，我都认不出来了！”

58. 砍价

宠物市场上，农夫在卖一条狗。

“这条狗多少钱？”有人问。

“一千卢布。”农夫回答。

“给半价怎么样？”那人又问。

“半条狗不卖。”农夫回答得干脆利落。

59. 数目没错

安夫人定购了一打鸡蛋，应该是十二只，可店主送给她的只有十只。于是，她去找商店的主人。

“我早上不是定了一打鸡蛋吗？”她有些不愉快地问。

“是的。”店主回答说。

“但你们只给了我十只。”

“哦，对了，其中有两只是坏的，我们替你扔掉了。”

60. 鸽子

一天，两个爱尔兰人在街上散步。

突然，其中一个叫道：“看——”

"什么？"

"有只死鸽子。"

"哪儿呀？"另一个人疑惑地抬头看着天空……

61. 找剪刀

理发店里坐着一个长发蓬松的年轻人，理发师拿着一大块磁铁围着他的脑袋上下左右不断比画。

年轻人忍不住问："您这是最新理发技术？"

"不，我在找剪刀。"

62. 耍酒疯

一个男人走进饭店，对服务员说："给我来二两，乐队每人来二两，你给自己也来二两！"服务员按照他说的做了。

这样反复几次后，该结账了，服务员来到男人面前说："您一共需要……"

"我……我……一分钱也没有……"

男人得到了全方位的"服务"，然后被扔到了街上。

第二天，他又来到饭店，叫服务员："给我来二两，给乐队每人来二两。你就别给自己倒了，你一喝多就耍酒疯打人！"

63. 保守秘密

在一个社交宴会上，几个男女聊天聊到保密问题。

男人说："你们女人都是大嘴巴，没有一个人能保守秘密。"

一个少妇反驳："谁说的？我就能保守秘密。我从二十四岁起，就不再告诉别人我的岁数，到现在已经七年了，都没有人知道我的年龄。"

64. 放卫星

"俄罗斯新贵"的妻子去接收装修好的房子。

公司代表说："我们还有一个装天线的问题。您家里装什么电视？普通电视还是卫星电视？"

"我还不知道呢，丈夫还没跟我说过放卫星的事。"

65. 怕传染

一个男人走进一家啤酒店，要了一大杯啤酒。

那只杯子是有把手的，他端起杯子，嘴巴凑在把手一侧的口沿上喝。

服务生看了感到奇怪，问道："先生，您为什么这样喝？"

"有把手的这个地方，一般人喝酒时是不会用嘴去碰的，这样，我就不会感染病菌了。"

过了一会儿，又有一个男人走进来，也要了一杯啤酒，他端起杯子，也把嘴巴凑在有把手这一侧的口沿上喝。

服务生笑了："先生也是怕感染病菌吗？"

那个男人说："不，我有病，怕传染给别人。"

66. 巴西咖啡

有一位年轻人来到咖啡厅点了一杯咖啡。

过了一会儿，服务生走到他跟前："先生，这是您要的咖啡。这饮料非常出色，纯天然，是从巴西运来的！"

这位年轻人喝了一口咖啡，赞道："不错，不错，那么大老远运来，居然还是热的！"

67. 取名的艺术

巴黎一家古董店的橱窗里，陈列着五个姿态各异的少女雕像，在它们旁边的标牌上写着"爱神们"。

没多久，当一个少女雕像被卖出后，经理换了个新标牌，上面写着"四季"。

又一个少女雕像被售出，标牌改为"三个少女"。

当少女雕像只剩下两个时，被取名为"夜与昼"。

最后只剩下一个少女雕像了，它又有了一个新名字："孤独"。

68. 酒鬼

纽约军用机场有两个爱喝酒的维修工，朱尔与吉姆。

一天深夜，两个人在值夜班，忽然酒瘾发作，但是身边没有带酒，在这附近又没有便利店。

“我听说喷气式飞机的燃料和白酒一样，我们喝点儿吧。”朱尔建议道。

于是，他们从喷气式飞机油箱取出燃料，喝了个酩酊大醉。

第二天早晨，吉姆醒来，惊奇地发现跟往常喝醉酒不一样，既没有头痛的感觉，又没有恶心的症状，虽然味道不是很正。

正在这时，电话铃响起，他拿起电话。

“喂！你没事儿吧！”是朱尔的声音。

吉姆回答说：“没事儿，别说，喷气式飞机燃料还真不错。对了，你一大早跑哪儿去了？”

“感觉是不错，对了，你起来后放过屁吗？”朱尔问。

吉姆回答说：“没有啊，怎么问这么无聊的问题，你现在到底在哪儿？”。

“那你小心点儿，我现在在华盛顿呢！”朱尔回答。

69. 熟悉的陌生人

珍妮陪同丈夫参加四十多年没见的朋友间的聚会。

他们站在屋子的入口，丈夫正努力寻找熟悉的面孔。终于发现了一个，他走上前去，伸出手，问道："您是……"

那个女人瞥了他一眼，回答道："你的第一任妻子。"

70. 戒掉什么

两个人正在讨论健康问题。

其中一个对另一个说："我阅读过许多有关喝酒、抽烟有害的书，最终决定戒掉它。"

另一个问道："你到底戒掉了什么：酒还是烟？"

"不，是阅读。"那个人回答说。

71. 小费

北方饭馆的店小二喜欢大声吆喝。

一天，大家凑钱到"真北平"饭馆吃饭，结账时，余钱不多，只给了2元5角的小费。

堂倌接到钱后，大叫："小费2块5。"

我们红着脸小声说："不要大声叫好不好，否则就不给小费！"

哪知店小二又大叫："小费收回了！"

72. 专业对口

公司附近有家美发沙龙，生意非常好。小丽听了同事的大力推荐,也去光顾了一次。

剪头时,小丽与发型设计师聊了起来:"看你年纪轻轻,手法蛮熟练的,是不是对美发很感兴趣?"

她回答:"对啊,念大学的时候,我发现自己很喜欢修修剪剪。"

"你是读美发系的吗?"

"不是,我是读园艺系的。"

73. 中秋"日"饼

有位副食铺老板,在店牌上把"中秋月饼"误写成"中秋日饼"。

一个顾客对他说:"月饼的'月'字,写成了白字。"

店主一本正经地说:"哪里是'白'字?'白'字上头还有一撇哩。"

74. 口误

切尼先生赴宴迟到,匆忙入座,看见烤乳猪摆在面前,于是,高兴地说:"真好,我坐在乳猪的旁边。"

话已出口,他才发现身旁一位胖女士怒目相视,他急忙挤出笑脸,说:"对不起,我是说那只烧好的。"

75. 理发师

一名男子到理发店理发。

男子说 :“请你把左边的头发剪得短点,右边的头发让它垂到耳朵不要剪,然后在脑门上给我剪秃,像五元硬币的一块,还要留下一缕长发,使我能够把它一直拉到下巴那里。”

“对不起,先生,”理发师说,“这个我办不到。”

“办不到 ?”顾客说,“上次,就是你把我的头发剪成这个样子的。”

76. 运气不错

一个人拿着四把伞去修,他路过一家饭馆,就进去吃饭。饭后,他随手从墙上拿了一把伞。

旁边一位女士对他说 :“对不起,这把伞是我的。”

过了两天,此人去取修好的伞,在回来的路上又遇见了在饭馆里见过的女士。

女士见他手里拿着四把伞,于是笑着对他说 :“您今天运气不错。”

77. 总说不好

有一个说话不经过大脑的男人,与一个小姐共舞。

男人 :你结婚了吗 ?

小姐：还没有。

男人：那你有孩子了吗？

小姐大怒，拂袖而去。男人寻思，下次不能再这样问了。

后来，他又与一妇人跳舞。

男人：你有孩子了吗？

妇人：有两个。

男人：那你结婚了吗？

78. 卖柜子

一个旧家具商人劝正在市场上四处闲逛的迪特：“快买下这个柜子吧，很便宜的，只要原价的一半。”

迪特瞥了他一眼：“我要柜子有啥用？”

“你可以在里面挂衣服呀！”

迪特笑了：“难道你要我光着身子到处跑吗？”

79. 这家伙是公的

猫耳洞村地处偏僻的山区，一天，村里来了一辆单排气管摩托车，村民们从来没见过这么稀罕的家伙，便都跑来看。

这时，村里最有见识的二牛也来了，他仔细观察摩托车的各个部位，最后蹲了下来，用手一把抓住排气管，语气肯定地说：“这家伙是公的！”

80. 看口袋

一个男人来到酒吧，他往衬衫口袋里看了一眼，然后要了一杯啤酒。

过了一会儿，他又往衬衫口袋里看了一眼，又要了一杯啤酒。

又过了一会儿，他还是先往衬衫口袋里看一眼，然后再要一杯啤酒。

酒吧招待觉得特别奇怪，就问他："先生，请问您为什么在要啤酒之前总要先看一下衬衫口袋呢？"

男人说："衬衫口袋里放着我妻子的照片，我喝到看到她照片觉得好看的时候，就可以回去了。"

81. 康复

吉姆和罗杰是同一家精神病院的患者。

一天，吉姆不小心掉进了医院的游泳池，罗杰赶紧跳下去把吉姆救上岸。院长得知此事，认为罗杰已经康复了。

第二天，院长找到罗杰，说："我这儿有一好一坏两个消息要告诉你，好消息是你奋勇救助落水病人的行为，证明你已经康复了，我为你开了出院证明。坏消息是吉姆在浴室里用他的睡衣带上吊了，他死了。"

"不是啊，" 罗杰说："他没上吊，是我把他挂在那儿晾干呢。”

82. 猴子

有个女士有急用，便去照相馆拍张快照。拍好后，就等着拿照片。

没一会儿，照相馆的师傅就送来照片，她拿起一看，一声惊呼：“我的天啦，怎么照得像只猴子！”

这时，只听后面有个妇人冷冷地说：“对不起，那是我的，你的还要等五分钟。”

83. 事与愿违

张三向朋友大叹苦经，说妻子特爱吃喝，每到月底，家里的钱总是入不敷出。

朋友教他多带妻子去佛寺，领悟“四大皆空”的道理。

张三觉得这主意不错，决定试一试。

几个月后，朋友问起他妻子的情况，张三摇头苦笑道：“你可把我害苦了，她现在除了吃喝外，还讲究穿戴呢！”

“怎么啦？”朋友问道。

“唉，她到佛寺后，领悟到佛要金装，人要衣装啊！”张三苦不堪言。

84. 歌星好当

小张、小王是歌迷。这天，两人一见面就感慨万千。

小张说："现在的歌星真好当。"

小王问："怎么好当？"

小张说："原来用假唱，假唱不用了，现在又都交给观众唱了，动不动就把话筒对着观众，这样唱得好不好，都是观众的问题了。"

小王点点头："哎，真是的，观众真可怜，以前花钱去听假唱，现在花钱还要自己唱。"

85. 饭店里的故事

客人向服务员抬手示意要他过来。

"服务员，您尝尝这甲鱼汤。"

"先生，对不起，这汤有什么问题吗？"

"请您尝一尝。"

"不好的话，我当然给您换新的。"

"我说，请您尝一尝。"

"这里有菜谱，我的先生，请您再点个别的汤吧。"

"您马上尝尝，好吗？"服务员不再坚持，坐了下来。他看了一下餐桌，问："汤勺呢？"

"这不就结了吗！"

86. 电影分级制

困扰电影界多年的电影分级制度如今有了解决的方法：

找来一群成人带着小孩同去看电影，如果放到一半，成人提前走了，这种电影定为普通级；如果成人把小孩赶出去，这片子就是限制级；如果成人带着小孩都走了，这种片子定为艺术级，可送去国外参加影展，一定得奖。

87. 那才厉害

一天，几个生意场上的朋友到一家歌厅潇洒，其中一位独自坐在一旁打盹。

临走的时候，小姐来要小费，这位刚打好盹的先生说："我一没唱，二没跳，三没搂，四没抱，凭什么给小费？"

小姐一听立刻变色道："唱唱跳跳搂搂抱抱算什么？低了头闷着用心想，那才厉害呢！"

88. 老刘摆阔

老刘是一位级别不低的干部，平时不注重学习，却特别喜欢摆阔。

一次他到一家涉外饭店吃饭，服务员送上菜谱，菜名全是英文的，老刘一个也看不懂，只认得菜名旁边的数字，他摆阔的老毛病又犯了，指着数字最长的一个说道："就上这道最贵的。"

服务员愣了一下，说道："先生，这个不卖。"

老刘一听生气了，说："为什么？"

服务员为难地说："这是本店的电话号码。"

89. 打呼噜

一位男士去看一场歌剧，可这歌剧刚开场，他就打起了呼噜，而且越打越响。

招待员过来推推这位男士，说："喂，喂，请不要打呼噜，影响其他人。"

这位男士被推醒后，非常愤怒："怎么啦？我为这个座位付了费，干什么你管不着。"

招待员点点头，说："当然。但你想过没有？你的呼噜打得那么响，别人看歌剧还看得下去吗？"

没想到，旁边两三个人插话道："没关系，今晚的歌剧太差了，看好看不好无所谓。"

招待员说："但他的呼噜特别响，也妨碍你们入睡呀！"

90. 三种感受

三个朋友在一起聚会，酒兴正浓，就不约而同谈起酒的话题来。

甲说："酒是好东西啊，粮食之精华，喝了舒筋活血。"

乙说："未必吧，你没有听说酒这东西是穿肠毒药吗？"

丙说："喝酒人总的来说，有三种感受，那就是：喝少了是享受，喝多了是难受，喝醉了是野兽。"

91. 寒暄语录

寒暄方式一个时代一个样。

邮政时代：见信如见面，此致敬礼！

电话时代：你找谁呀？他人不在！

呼机时代：速回电话！生日快乐！

手机时代：你是哪位？打错了！

网络时代：你是谁？男的还是女的？

后网络时代：有人吗？你是人吗？

92. 炒自己

小张因为不满意大学食堂的饭菜质量，一天买饭时高喊道："我要一盆白菜炖白菜。"

伙食员解释道："那是白菜炖肉。"

小张道："只有白菜哪有肉哇！"

伙食员有点生气地说："那你还要不要？"

小张说："那就换个土豆炒自己吧。"

伙食员气得发笑，道："这是土豆炒牛肉！"

小张想了想，说："可能是土豆太饿，所以把肉给吃了，现在只剩它自己啦。"

93. 打猎

一个从没有离开过城市的小伙子到乡下去看他的叔叔。

他的叔叔带他农场里见识各种乡村的东西，开始两天小伙子挺有兴趣，但到了第三天，他就觉得没劲了。

他的叔叔于是把自己的猎枪、弹药和几条猎狗交给他，对他说："我要干活，你带上它们到外边林子里去找点乐子吧，可别浪费弹药。"

过了半小时，小伙子兴高采烈地回来了。

他叔叔问："这么快就回来了？好玩吗？"

小伙子答道："真是太好玩了！我的子弹还没用完呢，还有更多的狗给我打吗？"

94. 千里香

香水店里，店主正在向顾客推销他的商品。

店主说："这种香水气味可浓啦，在很远的地方都会闻到，所以叫'千里香'！"

顾客听后说："我决定不买了。我家离你店还不到一里路，在家就可以闻到香味，既然这样我何必再花钱呢？"

95. 度假

假期归来,两个朋友在分享度假经历。

一个问另一个:"听说你们到南方度假去了,那地方热不热?"

另一个回答说:"热极啦,一棵树都没有!我们轮流在对方的影子下乘凉。"

96. 饮酒的好处

冬冬见爸爸喝酒喝得痛快淋漓,就问爸爸:"爸爸,喝酒有好处吗?"

爸爸把手一扬,大声说道:"当然有好处。比如说,会明白地球在不停地转呀转呀。"

97. 减肥

酒桌之上,主人劝大家多吃一点,可酒过三巡,客人盘里的肉和鱼纹丝不动。

原来客人都在减肥,不吃荤食,主人连忙摇了摇头:"不妥,不妥!这是老皇历了。你们没见过,一般吃草的动物如老黄牛,肚子都大,而吃肉的动物如豺狼虎豹,肚子都小,还是吃荤菜减肥啊!"

"轰——"大家都笑了,很快,盘子里的鱼肉一扫而光。

98. 戏说片名

美国电影《泰坦尼克号》又名《铁达尼号》，在中国上映时盛况空前。

那天，两个老人正一边走一边议论着："听说那个外国电影很好看，叫什么《踢他你跳》的？"

"这个电影很感动人的，它还有一个名字，叫什么……什么《太太你可好》……"

99. 理发

有个人到理发店理发，理发师发现他头上只有三根头发，问道："同志，你要理个什么发式？"

顾客答："大背头。"

理发师用剪子挑起头发看看，真有点为难，一不小心，剪掉了一根，只剩下两根。

理发员说："只有两根了，理个什么发？"

顾客答："分头。"

理发员正想把两根头发分开，不料用剪子挑时，又弄掉了一根，理发员问："只有一根了，理个什么发？'

顾客答："一边倒。"

100. 身世不同

大富翁理发后照付30元，不给小费。

理发师说："大公子来理发，每次都给100元哩！"

大富翁说："他有个大富翁的爹，我可没有。"

101. 披头散发

有个人，他头上秃得只有三根头发，还要让理发师为他编条辫子。

理发师不小心给弄掉了一根，没办法，只能拧麻花了，谁知一不小心又弄掉了一根。

此人大为光火："这下可好，我得披头散发了。"

102. 现代浴室

很多年以前，非洲一位富翁精心修建了一间新型私人浴室——当时非洲唯一有冷、热水管的浴室。

第一个受邀享用这间新浴室的人，是一位来非洲观光的英国太太。

这位太太进了浴室，先扭开热水管，然后扭开冷水管，调好水温，跳入浴池。突然她看见到后墙上有一个小洞，洞里有一只眼睛在看着自己。她立即穿好衣服，来到那堵墙后。

原来那里站着一个老头，身边放着两个水桶——热水桶和冷水桶，正用眼睛对着小洞里观看。

这位太太走到老头面前呵斥道："喂，你为何偷看我洗澡？"

老头回过头来很有礼貌地解释道："对不起，太太。主人要我负责向这两管子里倒冷水、热水，如果我不用眼睛看着您，我怎么知道您要扭哪只水管龙头呢？"

103. 为了保险

电影院里，在电影放映当中，有个观众离开座位，走到剧场的休息处休息。

过了几分钟，他回到座位边对旁边一位观众说："对不起，几分钟以前我走出去时踩的是您的脚吗？"

"噢，是的，不过这没关系，我没觉着痛。"

"噢，您误会了，我只是想证实一下这是否就是我坐的那一排。"

104. 哭声的妙用

一对夫妇带着三岁的儿子一起去看电影。

当他们走进电影院的时候，服务员对他们说："如果孩子哭闹的话，我就要请你们出去。但我们可以把钱退给你们。"

电影放映半小时后，丈夫对妻子说："你觉得这个电影怎么样？"

“我从来没有看过这么差的电影！”

“和我想的一样，”丈夫说，“我们把孩子摇醒让他哭吧！”

105. 看电影

电影就要开演了，售票小姐发现有个人买了一张票，匆匆走到影院门口的收票处，检票之后，又匆匆跑回票房重新买票，如此往返了好几次，她奇怪地问道：“先生，您为什么总是回来重新买票呀？”

那人气呼呼地说：“真是活见鬼！我一走到检票处，总有个家伙把我的票抢过去撕成两半！”

106. 流行痢疾

一个地区流行痢疾。

这天夜里，两个担架员敲开了一位旅馆住客的门，说：“是旅馆老板叫我们来的。他看见你今天晚上已经连续上了12次厕所，想来你一定是得了痢疾！”

顾客一听，惊叫起来：“噢，我的天！你知道吗？我虽然去了12次厕所，但是11次是被人占着的。”

107. 在旅店

旅馆里，顾客和老板在争吵。顾客：什么！一晚上要收四十个法郎？瞧你这破床，昨晚，我睡在上面一夜没合眼。后来，只好坐在沙发上看了几小时的书。

旅店老板：那好，请再加一法郎的电费。

108. 她会催眠术

一个抱着小孩的妇女上了公共汽车。

站在过道里的乘客甲悄声对身旁的乘客乙说："这个女人肯定会催眠术。"

乘客乙："你怎么知道？"

乘客甲："你看，她刚一上车，所有坐在座位上的人都昏昏入睡了。"

109. 误会

一天，汤姆正坐在去华盛顿的一列火车上，车厢内只有他一人，当列车在一车站靠站时，车门打开，上来一个大汉，用刀子抵住汤姆的颈部，威吓道："要钱还是要命？"

汤姆吓得抖抖索索地回答："我身上一文钱也没有。"

大汉恶狠狠地问："那你为什么发抖？"

汤姆哭丧着脸说："我以为你是检票员。"

110. 服从命令

列车员叫醒一个靠着窗口睡着了的旅客："先生，你的票子？"

"票，什么票？我没有票子。"

"没票？那你打算去哪里？"

"我什么地方也不想去。"

"那你为什么上这列火车？"

"当我路过这列火车时，你正冲着我在大声叫着：'请大家快上车坐好！'我只好走进车厢。"

111. 减肥霜

大街上，有个个体户在卖减肥霜。

大胖走了过去，只见那位个体户冲着大胖介绍道："这减肥霜似灵丹妙药，只要每天把它涂在手上，抹到哪儿，不出两个星期哪儿的肉就会大大地减少。"

大胖听了吓得大叫起来："天啊！照你这样说，不出一个星期我的手会瘦得只剩下五根骨头了呀！"

112. 太好吃了

有个富商的母亲要做六十大寿，他决定送一件新奇的礼物给她。

一天，他听说有一只神奇的鸟，能够唱出许多优美动听的歌，还能与人对话。

他大喜过望，花了大价钱将这只神奇的鸟买下，立即派人给他母亲送去。

做寿的第二天，他给母亲挂了个长途："您认为那只鸟怎么样？"他问。

"亲爱的，太好吃了，只是太小了一点！"母亲回答。

113. 让座

在满员的客车上，小刚坐在爸爸的膝盖上。

爸爸说："客车满员时，如果有人站着，应该将座位让给别人，这是礼貌与道德的体现。"

刚巧上来一位少妇，小刚立刻从爸爸的膝盖上跳下来，走到少妇面前，拉着少妇的衣角说："阿姨，请坐我的座位。"

114. 不再涉足

一个酒徒脚朝天手撑地，"走"进了酒吧间，大声嚷道："伙计，给我来一杯上等白兰地！"

掌柜十分惊奇，问道："你何苦要这样走路呢？"

酒徒答："我太太昨晚逼我发过誓：今后决不再涉足酒吧间。我要信守诺言。"

115. 醉汉开车

一醉汉开车，被警察拦截下来，正要罚他款时，旁边恰好发生了车祸。

醉汉乘警察离开之际，赶快跳上车，一路猛开回家。

第二天警察找上门来了，醉汉以为要交罚款，警察说："我们是来要回警车的。"

116. 放东西

一辆出租车，拉着一个酒鬼，酒鬼坐在后面问司机："请问，前面的座位可以放东西吗？"

司机："您想放什么？"

酒鬼："我想放三斤牛肉，两斤猪排，六瓶啤酒，一瓶白酒，还有一些菜。"

司机："请放吧。"

酒鬼嘴一张，"哇"的一声，一肚子脏东西全倒在前面的座位上。

117. 酒鬼的话

一个酒鬼被汽车撞伤，在医院里醒来后，双眼直盯着床头上的盐水瓶。

妻子忙问："你想吃点什么吗？"

他摇摇头,用手指指上面:"请你把酒瓶给换上去!"

118. 裸汉

一天深夜,一个醉醺醺的、全身上下一丝不挂的彪形大汉走进酒吧间,要了一杯威士忌。

老板小心翼翼地把酒端过去,尽量不看他,以免惹麻烦,可实在忍不住好奇心,就偷偷打量了一眼。

不料,正巧被壮汉瞅见,他一拍桌子,大怒道:"我有什么好看的?"

"不,不,"老板哆嗦道,"我,我只是想知道你身上哪块地方能搁酒钱。"

119. 醉汉回家

一个醉汉走上楼来。楼上有几套住宅。他掏出钥匙打算开门。

一个女人从屋里往外瞧了瞧,说道:"您不住在这儿!"

"对——不——起。"醉汉说。

门关上了。醉汉转了360度,又一次打算开这个门。门又开了,仍然是那个女人。

她又对他说了一遍:"我已经对您说过了,您不住在这儿!"

醉汉又转了一圈,再次到了这个门口,他又打算开门。门开了，仍然是那个女人。

她大声喊道："我已经对您说过了，您不住在这儿！"

"这是怎么搞的？"醉汉感到奇怪，"哪儿都有你，而我却没有个地方。"

120. 啤酒和书

三名小青年走进一家餐厅，要了三杯啤酒。

女服务员要看他们的证件，其中两个很爽快掏出证件来，第三个还未到法定年龄，便在口袋里佯装摸来摸去，最后问她借书证行不行。

女服务员笑了一笑，朝酒吧柜台内喊道："来两杯啤酒，一本书。"

121. 醉汉

一个醉汉拿着酒瓶，摇摇晃晃撞在一个行人身上。

行人生气地说："你没有长眼睛么！"

"对不起，"醉汉说，"我老远把您看成两个人啦，我想从您两人中间穿过去。"

122. 醉不了

一醉汉酒后打人，被衙役带到公堂。

县太爷升堂后，一拍惊堂木喝道："你可知罪？"

那醉汉微睁醉眼，答道："醉？我没醉，再喝半……半斤我也醉不了。"

123. 你是拳师

拳击场上，有个坐着观看拳击比赛的人，当他每看到拳击手打中对方的嘴巴时，他都高兴得眉开眼笑，手舞足蹈，十分得意。

坐在旁边的观众看到了，惊奇地问他："先生，你也是拳师吗？"

"不！我是牙科医生！"

124. 换桌布

顾客实在无法忍受这肮脏的桌布，于是找来招待员："招待员，你能告诉我，你们餐厅的桌布多长时间换一次？"

招待员很诚恳的回答："很遗憾，我无法告诉你，因为我到这里工作才三个月。"

125. 名人

一天晚上，阿达夫人要求丈夫带她上这城里非常豪华的一家餐馆去，因为那里常有许多电影明星和名人去吃饭，他们对阿达夫人来说充满了吸引力。

阿达夫妇点好菜不久，就见门外进来一男一女，衣着讲究，引人注目，正巧选了离阿达夫妇不远的桌子坐了下来。

"我敢肯定在哪个电影里看到过他们。"阿达夫人兴奋得满面红光。

餐馆招待安排那一对男女点菜后，又把汤端到了阿达夫妇的桌子上。阿达夫人连忙凑上去，轻声问道："那两个人是谁？你认识他们吗？"

"哦，他们两个人当中没有一个是名人。"他立即答道。

"真的？你怎么知道的？"阿达夫人惊奇地问。

"因为他们刚才问我：你们是谁。"他答道。

126. 跟着苍蝇走

汤姆来到一家小餐厅吃饭。

由于餐厅的卫生状况不好，汤姆刚吃完一半就想上厕所，但他不知道厕所在哪里。

正好这时，餐厅男招待从他旁边走过，他低声问道："对不起，请问厕所在哪里？"

男招待答道："跟着苍蝇走。"

127. 嫌脏

一位胖太太走进餐馆，服务员请她坐下。并问：您要点什么？

胖太太：我想吃点鲜嫩可口的东西。

服务员：口条怎么样？都是刚从小猪嘴巴里取出来的。

胖太太：不要。我决不吃牲畜嘴巴里的脏东西。

服务员：那您说吧，吃什么？

胖太太：来两个鸡蛋吧，一定要今天刚下的！

128. 打埋伏

一个穿着时髦的大学生走进一家昂贵的法国餐厅，将一张十美元钞票塞给侍者头头。

“您要预订哪一张台子？”满脸笑容的侍者问道。

“一张也不要。”大学生答道，“但是今晚我带着女朋友来这里时，我要你告诉我们，所有的台子都已订完了。”

129. 意外

一位歌舞女星雇了个漆匠，为她油漆新居。她的观众极多，能欣赏到她的演出很不容易。

她特地给了漆匠两张最好座位的票子，指望他干得更出色。漆匠一言不发地收下票子。

月底，女明星收到了漆匠的账单，最后一笔是：“观看赫尔小姐歌舞表演，四小时，三英镑。”边上附着说明：“下午五点以后，工钱从每小时十先令改为十五先令。”

130. 学跳舞

小李和小王是大学同学。

小李平时一向保守，特别反对跳舞。可毕业前小王却发现小李天天泡在舞厅里。

小王好奇地问小李：“朋友，你怎么也开放了，天天泡在舞厅里？”

小李叹了口气，非常无奈地说：“唉！我根本不喜欢跳舞，只不过是不想让别人搂住我的女朋友罢了。”

131. 不分伯仲

一个游客来到一小镇，见镇上只有两家饭店，不知进哪家吃饭好，于是请教一个当地人：“请问，两家饭店你认为哪家比较好呢？”

“没有区别，”当地人说，“当你跨进一家后，就会后悔没有进另一家店。”

132. 不信路标

一位游客看见一块路标上写着：“此路不通，请往别的路走！”

他朝前看，根本没发现什么东西挡路，于是继续往前走。

没多久，被前面一座断桥拦住了，他被迫往回走，看见路标背面写着："傻瓜，欢迎你回来！"

133. 直说

一位魔术师登台表演张口喷火，事前照例请观众上台，检查他的嘴里是否藏有其他东西。

上台的一位观众很认真地将魔术师的嘴巴察看了一番。

魔术师说："先生，您在我嘴里看到什么，只管向大家直说好了。"

那人说："您真的让我直说吗？"

"是的，请您直说吧。"

那人笑着向观众宣布："我看见他嘴里积着很厚的牙垢，舌头上还有厚厚的黄苔！"

134. 鼓掌

甲乙两人正在欣赏节目。

一个节目结束后，甲热烈鼓掌。

乙不解地问："这个节目并不精彩，你鼓什么掌啊？"

"是啊！这个节目总算熬过来了。"

135. 赚了

一个乡下人第一次来到大城市，对高楼特别感兴趣。他仰着头认真地数着楼层。

这时一个臂戴红袖标的人过来厉声问道："干什么？"

"数数大楼有几层。"乡下人回答。

"每数一层罚款五块，你数了多少层？"

乡下人想了一会儿，回答："二十层。"

乡下人急忙如数交上罚款，转身就跑，当他跑出一段路后，回过头来高声喊道："傻瓜，老子数了五十层。"

136. 几个老婆

税务局老刘的妻子去市场买菜，她想：如果说出自己是老刘的妻子，那价钱肯定会便宜些。

于是，她走到鱼摊前，边挑鱼边报出自己的身份。

卖鱼的听后，大睁着眼睛看着她，好久才惊讶地问："您是刘税务第几个老婆？今天已经是第五个女人这么说了！"

137. 报修

这已经是这家住户第十次打电话报修了："房管所？我家屋顶漏水，你们一直没来修理。要让我淋水淋多久啊？"

对方回答："请打电话 27—115，先生。"

住户问："这是你们上司的电话？"

对方回答："不，是气象台的。"

138. 厨师

顾客用餐完毕到服务台前结账："你们饭店今天来了一位年轻的厨师？"

服务员很惊讶："您怎么知道？"

顾客回答："昨天汤里有根白头发，今天却是根黑头发。"

139. 我也是刚到

一个醉汉不慎从二楼坠下，受了点轻伤。

警察拨开围观的人群，走到醉汉身边问道："发生了什么事？"

醉汉说："不知道，我也是刚到。"

140. 丧乐

三个朋友在一起聊天。

一人说："天下事真是无奇不有，我昨天回家时，遇到出殡的，送丧乐队演奏的曲目竟是《今天不回家》。"

另一个人说："这有啥？我听过一乐队演奏的是《何日君再来》。"

“你俩遇到的都不够稀奇，”第三个人说，“我曾碰到送丧乐队，演奏的竟然是《真是乐死人》！”

141. 开门

午夜过后，约翰喝醉了酒踉跄着走出迪斯科舞厅，走了几步之后停下来，开始敲打一根路灯杆。

一辆巡逻的警车停了下来，走下来一个满嘴喷着酒气的警察，问道：“你在那里干吗？”

醉汉说：“我敲半个小时的门了，就是没人给我开门。”

警察朝上看了看，说：“你太太肯定在家，上面还亮着灯呢！”

142. 小姐要车

有一位在公司做事的小姐想要车，于是打电话到出租车公司：“你好，我要车……”

接电话的人问：“你在哪里啊？”

小姐说：“我在皇天大酒店。”

为便于辨认，接电话的人又问：“你穿的是什么裤子？”

小姐说：“我不穿裤子，我穿的是一条裙子。”

接电话的人又问：“到哪里啊？”

小姐说：“到膝盖。”

143. 熟悉的气味

一位家庭主妇干了一天活，感觉实在太累了，于是喝了一口酒解解乏，接着就去安置自己的小女儿睡觉。

“妈妈，”小女儿闻到酒的味道，好奇地说，“你是不是偷用了爸爸的香水？”

144. 拜年

胖子喜欢捉弄人，大年初一早上，他在路上碰到住在村头的聋子王伯，捉弄之心顿起，就上前大声招呼道：“王伯，祝你早日到地府去报到啊！”

王伯虽然听不到这人的话，但总以为大年初一的，胖子这是在给自己拜年了，于是就高高兴兴地回答说：“你也一样，你也一样啊！”

145. 虚惊一场

在街头，一个年轻的妇女走到一个路人面前说：“请原谅，先生，您一定发现我一直在注意您，这是因为我怎么看都觉得，您好像是我一个孩子的父亲。”

“什么？”路人吓得睁大了眼睛说，“我？这绝对不可能！”

“请别担心，要知道，我是保育院的女教师。”

146. 住饭店

有个乡下人很有钱，但很少出门。

这天，他来巴黎度假，心里很高兴，就选了一家高级饭店住下。服务生给他拿起行李箱，然后带他坐电梯上楼。

这时只见乡下人满脸怒气，对服务生说："你们太欺负人了！"

服务生很紧张："先生，怎么啦？"

乡下人左右看看，说："怎么啦？别以为我从乡下来，就让我住这么小的房间！"

服务生恍然大悟，连忙解释道："别生气，先生！这不是房间，是电梯。"

147. 统计学家

有个统计学家，平时他妻子包下了所有家务。

周末妻子要外出买东西，他勉强答应照看一下 4 个年幼好动的孩子。

晚上，等妻子回家后，统计学家交给她一张纸条，上面写着：

擦眼泪 11 次，系鞋带 15 次，给每个孩子吹气球各 5 次，每个气球的平均寿命 10 秒钟，警告孩子不要横穿马路 26 次，孩子坚持要穿过马路 27 次，我还想再过这样的周末 0 次。

148. 一字之差

丽丽有一头乌黑发亮的长发，前段时间，她心血来潮，去理发店把头发染黄，并做成大卷披肩式。

同事问她和以前有啥不同感受。

丽丽答道："以前每当我路过学校门口的食品店，老板娘见了都问：'小妹，上课吗？'。现在见了，却问：'小妹，上班吗？'"

149. 令人失望

有位顾客在一家小饭馆吃完饭，便习惯性地开始找牙签，可找了半天愣没找到，于是就把老板叫来："老板，有牙签吗？"

老板抱歉地说："没有。"

顾客不满地问："你们难道不放牙签吗？"

老板说："以前放过，但客人们的举动太令人失望了，他们用完后从不放回去。"

150. 傻孩子

小强好奇地问爸爸："爸爸，爸爸，我是不是傻孩子啊？"

爸爸慈爱地摸了摸他的头，笑着说："傻孩子，你怎么会是傻孩子呢？"

151. 钞票的哀叹

一张一元钞票与一张百元钞票在路上相遇了。

一元钞票对百元钞票说："伙计，好久不见。"

百元钞票得意地答道："是呀，最近我去了好多地方，先是赌场，然后是饭馆、游乐厅、赛马场，还去了国外的航空公司。你呢？"

一元钞票叹了一口气，说："我倒也是去过不少地方，但是这些地方都差不多，无非是募捐箱、募捐箱、募捐箱……"

152. 钓鱼

有个急性子在河边钓鱼。

急性子先往钩上穿了个虫子做鱼饵扔到水里，不一会儿，见鱼没上钩，他又换了块面包，还是没鱼上钩。

他赌气似的又往钩上换了火腿肠，等了一会儿，仍然没鱼上钩。

一气之下，他掏出一百元摔入水中，生气地说："爱吃什么，自己去买！"

153. 算命

有个算命先生，号称"赛半仙"，他常对人吹牛说，前来算命的人不必开口，他便知找他要算何事。

一天，一老翁面带愁容地站在他面前。

赛半仙察言观色了一会儿，说道：“我看老先生是有难言吧？”

老翁摇摇头。

“是儿女不孝吧？”

老翁又摇头。

“是晚年丧妻？”

老翁还是不住地摇头。

赛半仙有点慌了，又一口气说出五六件不祥的事情，可是老翁总是不住地摇头。

赛半仙冒汗了，他有气无力地问道：“那你到底算啥事？”

老翁慢吞吞地说：“求你算算我这摇头的病，什么时候能好？”

154. 把柄

丈夫喝醉酒回家，蹑手蹑脚地摸进盥洗室，找来一些橡皮膏，对着镜子，往自己酒醉闹事留下的伤口上贴，然后悄悄爬上床。

第二早上，他被妻子摇醒了。

只听妻子叫嚷道：“你说再不喝酒了，可仍说话不算数，昨日又喝醉酒了。你瞧盥洗室里的镜子上，横七竖八地粘了多少橡皮膏?!”

155. 说明

在车站的餐厅里。

旅客向服务员投诉:“服务员,这块炸猪排我已经嚼了十分钟也没嚼烂!”

服务员解释道:“别着急!先生。你乘的这班火车晚点三小时!”

156. 没瞎说

云雀肉酱是人吃人夸的营养佳品。一天,有个人在街上出售云雀肉酱,路人纷纷解囊。

一位妇女买了一瓶,打开盖子尝了尝,觉得味道不正,便告诉了刚走过来的一位女税警。

“你卖的是云雀肉酱吗?”女税警问卖主。

“是的,没错。”卖主答。

“都是云雀肉做的吗?”

“那倒不是。”

“掺了什么肉?”

“马肉”。

“掺了多少?”

“不敢多掺，正好一半。”

“这位太太说，你的肉酱只有马肉味儿。你老实回答，到底掺了多少马肉？”

“我敢对天发誓，肯定是一样一半：一匹马，一只云雀。”

157. 您搞错了

在公园的长椅上坐着年轻貌美的威廉夫人，怀里抱着一个可爱的婴儿。

一位中年绅士走了过来。

“多么可爱的小姑娘啊！”绅士拉着婴儿的手自作多情地说，“白白的、嫩嫩的，像个富有魅力的贵妇人的手。”

威廉夫人把婴儿往怀里拉了拉，冷冷地说：

“先生，您搞错了两件事：其一，这孩子是个男孩，其二，您握的是我的手。”

158. 吃不完

一位顾客在一家饭馆定了个大蛋糕。服务员把这蛋糕端来后，问道：“怎么切？是切成六块还是十二块？”

“最好切成六块吧，切十二块，我可能吃不完。”

159. 到死穿不破

一名顾客非恼火地走进一家服装店："我买这件衣服时，您说我到死也穿不破它。可是现在才十天，它就开线了。"

"不过，先生，您买衣服时，看上去气色很不好。"

160. 万无一失

小李在火车站问站长："请问特快列车开出了没有？"

"开出了，先生。"

"普通列车呢？"

"8点半便过了站了。"

"那货物列车呢？"

"它们只有在午夜才通过这里。"

"那你是说现在没有火车开过来？"

"不错！"站长有点愤怒，大声说，"你问得这么仔细，到底想上哪儿？"

"我只是想跨过铁轨而已。"

161. 吃糠的狗

从前有个人，家道破落了，穷得要吃糠充饥，但对人又不敢认穷。

一天，他吃饱了糠出门，碰到一位熟人，那熟人请他吃饭。

他说："我刚才吃饱狗肉，饭是吃不下了，还是请我喝酒吧！"说罢，两个便到酒肆喝酒。

那人拼命喝，喝得过了量，肚里的糠呕撒满地。

朋友很奇怪地问道："你吃的是狗肉，怎么吐出来的都是糠？"

那人沉思半天道："大概这条狗是吃糠的。"

162. 打赌

啤酒馆里克努特杰和一位推销员争论："我敢用一百克朗与你打赌，你肯定不能一口气喝下十二杯啤酒。"

推销员想了想，一言未发出了酒馆。十分钟后他回来应战了。

眼看着推销员一口气喝完十二杯啤酒，克努特杰惊叹道："你可真是好样的！"

推销员挺诚实，他回答说："说实话，起初我也没把握。我刚才去了旁边一家酒馆，在那里预先喝了一遍。"

163. 大雾

伸手不见五指的大雾中，车一辆紧跟一辆行驶着。突然，旁边的一辆刹车停下来，后面那辆车撞到前一辆车的车尾。

后面那辆车的驾车人跳下车大吼："找死吗？这么大的雾，

怎么可以在这里急刹车？”

前一辆车的驾驶员回答：“让我先请问您一下，您的车开到我的车库干什么？”

164. 催眠

深夜，睡着了的孩子又哭了起来。

父亲决定唱一段催眠曲。

刚开了个头，隔壁人家就抗议了：“还是让孩子哭吧。”

165. 错觉

一个外国人身着浴装在撒哈拉沙漠游玩。一个同行游客好奇地盯着他看。

“我打算去游泳。”外国人解释说。

“可海洋在八百海里以外呢。”那个游客提醒他。

“八百海里！”外国人高兴地喊道，“好家伙，多大的海滩啊！”

166. 恐吓

饭店里有几只小鸡在餐桌旁跑来跑去，叽叽地叫个不停。

顾客轰不开也踢不走它们，最后发火了：“滚开！你们要再不走，我就向服务员订一盘辣子鸡丁儿！”

167. 安慰

鲍里亚乘飞机出外旅行，他突然发现邻座的一名妇女怕得直打哆嗦，便安慰她说：“不要那么紧张，我们这个时代坐飞机非常安全，坐汽车要危险多了。前不久，我的一位朋友坐车时忽然一架飞机掉下来，正好砸在他的车顶上。”

168. 安慰无道

一个乡村俱乐部每个月都要搞一次聚餐会。

一次，麦克的妻子维琪特地做了两个馅饼并带到了聚餐会上：一个是巧克力的，另一个是奶酪的。然而在品尝过巧克力馅饼之后，维琪十分尴尬地发现馅里的水放得太多了。

消息很快传开并由此衍生出不少善意的玩笑。

第二天大家仍在俱乐部里议论此事，一位太太搂着维琪安慰道：“别再为馅饼的事难过了，昨天还有人拿来块奶酪馅饼，比你那块巧克力的还难吃。”

169. 望文生义

一个老外对他的中国导游说：“你们中国人的确是一个勤奋的民族。”

导游说：“怎见得？”

老外回答说：“每当我早晨经过街道，常常可以看到路旁的招牌写着‘早点’两个大字，提醒过路上班的人，不要迟到。”

170. 恐怖霓虹灯

一处大型住宅小区门口竖着一块霓虹灯广告牌，名叫：“自安居。”

时间长了，风吹雨打，霓虹灯的部分灯泡坏了。

这天夜晚，一个居民走进小区，偶然间抬头一看，小区的牌子着实使他吓了一跳，他看到的是：“白女尸。”

171. 偶像与起床

小明总是睡懒觉。

有一天，小明妈妈批评他说：“你看隔壁小华每天天还没亮就起床了，你就不能勤劳一点，早起一点？”

小明理直气壮地回答：“妈妈，我跟他不一样，小华崇拜的偶像是歌星黎明，我的偶像是作家卧龙生！”

172. 从来没洗过脚

一个部门里的两位男士打赌，谁输了就请全办公室的人去足浴城洗脚。

结果一个男士输了，只能带领大家去洗脚。在电梯上，一个女同事兴奋地说：“太好了，我长这么大，还从来没洗过脚呢！”

173. 男高音

歌舞团到一个村去演出前，团长给了村主任一份海报，请他宣传一下。

第二天，团长一进村，就见到了海报，上面写着：前来演出的有 52 岁的男高音和 25 岁的男低音……

团长忙找到村主任，说："你的海报登错了，是 52 岁的男低音，25 岁的男高音。"

村主任回答："没错，经过我们商量，觉得 25 岁就升男高音太不公平了，所以改了过来。"

174. 替死鬼

有一天，小明到他姨妈家做客。姨妈进厨房忙着做饭，客厅里只剩下小明和姨妈养的小狗花花。

不知道吃了什么东西不消化，突然间，小明放了一个臭屁，他心想：这下丢人了！

没想到，姨妈只是大喊了一声："花花！"

小明放心了：幸好有花花当我的替死鬼，姨妈一定以为是它放的呢。

一会儿，小明忍不住又放了个屁。姨妈依旧在厨房里大喊："花花！"

紧接着，小明又放了第三个屁。

这时，姨妈冲进来，对着狗大骂道："花花！你要等到被臭死才跑啊？"

175. 换衣服

国外某地有甲乙两个歌舞团，这天两个歌舞团的团长不期而遇。

甲团长向乙团长请教："你们是靠什么吸引观众的呢？"

乙团长想了想，就说："我们让漂亮的女演员每场都换一次衣服。"

过了一段时间，甲团长特地找到乙团长说："我们照你说的做了，可效益还是上不去，为什么呀？"

乙团长说："我忘了告诉你一个细节了，就是让那些女演员直接在台上换衣服。"

176. 盐比酱油咸

甲向乙抱怨自己的家庭开销大。

甲：我家的开销特别大，光酱油一个月就得好几瓶。

乙：你家怎么不吃盐呢？盐比酱油咸多了！

177. 打一辈子光棍

家里要来客人，张三想杀只公鸡款待来客。

公鸡一看苗头不对，就蹿上了房檐，张三捉了半天也没辙。

张三气得要死，瞪着眼睛狠狠地对公鸡说："好，你不让我杀你，我就把所有的母鸡都杀了，让你打一辈子光棍！"

178. 闹了个大红脸

曹先生一日到酒楼用餐，正吃得高兴时，服务小姐走过来，微笑着对他说："先生，请让我清理一下好吗？"

曹先生一愣，随即大喜："好，好，亲这里，就亲这里。"边说边把自己的右脸凑了上去。

服务小姐抿嘴一笑，麻利地把他桌面上的骨头杂物清理干净，礼貌地说了声"谢谢"就走了。

曹先生突然醒悟过来，闹了个大红脸：自己把"清理"听成了"亲你"。

179. 喝酒

单位会餐，职员小王大口大口喝酒。

小李觉得奇怪："你平时不是说喝酒睡不着觉吗？"

小王叹了口气："可是，白吃白喝的酒，见了不喝更睡不着啊！"

180. 家乡特产

三个来自不同地方的士兵成了好朋友，这天他们相约在俱乐部聚会，并且每人都要带一样东西，体现自己家乡的赴宴特色。

第一个人带的是火腿肠，他说："在我们老家，不管你办多少宴席，这个菜是绝对少不了的。我们那儿就出火腿。"

第二个人带的是葡萄酒："你们尝尝，味道好极了，现在国宴上用的，就是我们家乡产的这种酒。"

而第三个人两手空空什么东西也没拿，反而还带了个人来。另外两个人好奇地问他："你呢？你给我们带来了什么？"

那人说："我带来了我的弟弟，这就是我们那里赴宴的特色，从来都不会单个赴宴的。"

181. 共同点

张三自认为对乐器很有研究。

这天李四到他家里来玩，指着一把两根弦的乐器问他："这是什么？"

张三说："二胡呀！"

李四又指着旁边有四根弦的乐器问是什么。

张三回答："小提琴。"

李四随即指着放在客厅里的大家伙问是什么。

张三疑惑地说："难道这是钢琴你都不知道？"

李四狡黠地眨眨眼："你知道它们的共同点是什么吗？"

张三被问住了，想了半天也不知怎么回答。

李四忍不住笑了："那就是：你不拉不弹，它们都不响。"

182. 光棍日

一个光棍高兴地对朋友说："你知道今天是什么日子吗？"

那朋友疑惑地说："不知道。"

光棍自豪地说："今天 11 月 11 日，我们的光棍节！"

183. 周记

小新在人民广场跳街舞，一群鸽子正好从广场上空经过，一泡鸽屎落了下来，不偏不倚刚好落在他的头上。

小新向同伴抱怨道："我敢打赌，就连上帝也绝对找不出比一泡鸽屎落在你头顶上更倒霉的事情了！"

不料话音刚落，又一泡鸽屎从天而降，落在小新的头顶上！

所以，那个星期，小新的周记是这样写的："上帝用不争的事实告诉我，比一泡鸽屎落到你头顶上更倒霉的事情是两泡鸽屎落到你的头顶上！"

184. 男人不好做

两个男人在聊天。

甲向乙抱怨道："做男人真不容易，要是穿得西装笔挺，再打上领带，会被当成卖保险的，可要是穿着圆领衫，拖着拖鞋，就会被当成不求上进的小混混。"

乙深有同感地说："可不是嘛，要是穿上工装裤，背着双肩包，再蹬上旅游鞋，又会被认为是还没发育好！"

185. 美丽的妈妈

张太太生了一个女儿，取名"美丽"。

一天，同事问张太太："你为什么给你女儿起这么俗气的名字呢？"

张太太答道："这样，别人就会叫我'美丽的妈妈'呀！"

186. 小心眼

丈夫和妻子在剧院里看歌剧，妻子见丈夫非常不高兴，于是问道："你不喜欢吗？"

"我非常不喜欢那个男高音。"丈夫回答。

"那我们别看了，现在就回家吧。"妻子建议道。

"不！我一定要等着看他在剧终时被打死，这样才满意。"

187. 买冰箱

有个因纽特人外出旅游，回家前在电器市场转悠，好不容易才拿定主意，要给家里买台冰箱。

营业员说："你们那里长年天寒地冻，买这玩意有什么用？"

那人回答道："这你就不知道了，冬天取暖呀。想想那会有多么惬意吧，外面零下 40 摄氏度，而冰箱冷藏室是零上 4 度！"

188. 老实说

王主任刚上任，马上就有人来送礼，还包了个大红包。

王主任把来人挡在门口，说："老实跟你说，我不吃这一套。"

来人着急地问："那你也老实跟我说，你到底吃哪一套啊？"

189. 球迷的袜子

一天早晨，大球迷起床没找到袜子，就对二球迷说："你帮我把阳台上的袜子拿过来。"

二球迷到阳台上一看，茫然地问："哎，这里怎么是三只袜子呀？"

大球迷不以为意地说："这有什么奇怪的，两个主力一个替补呗！"

190. 买瓜

瓜农在小区门口卖西瓜，一个孕妇走上前来："你这西瓜熟不熟？"

瓜农笑了："包熟包甜！"

孕妇将信将疑："那也靠不住，万一买回去后生了咋办？"

瓜农拍着胸脯信誓旦旦地说："你又住得不远，回家生了，抱回来算我的！"

191. 只塞一次

火车上，两个来自不同城市的旅客在聊天。

来自甲地的旅客说："我们那地方什么都好，就是经常塞车让人心烦，每天至少要塞个十几次。你们那里呢？"

来自乙地的旅客说："也一样，不过每天只塞一次。"

来自甲地的旅客听了，羡慕地说："哇，只塞一次！想不到你们那儿的交通状况这么好。"

来自乙地的旅客答道："不过这一次的时间是从早晨一直到晚上。"

192. 宠物与生命

有人养了一条宠物狗，爱护得就像是自己的性命一样。

有一天，这个人带着狗坐船，狗不小心掉进大海。这人马上甩掉衣服，就要跳下去救狗。

有人拦住他说：“你不要性命了？”

这人指着海里的狗，跳着脚说：“你没看见我的性命正在大海里挣扎吗？”

193. 按政策办

林场工作人员，甲乙正在聊天。

甲：我们在林场内发现有人打鸟，怎么办？

乙：按打鸟政策办。

甲：什么打鸟政策？

乙：你真笨，打鸟时不是睁一只眼、闭一只眼吗？

194. 暴发户买车

有个暴发户去买车，他告诉销售商，想要一辆灰色的宝马。

销售商听后很纳闷，但还是热情周到地为他挑了一辆。暴发户取出钱，付了账，然后上了车。

销售商终于沉不住气，跑到车前，不解地问：“先生，上星期您不是刚刚买了一辆宝马吗？”

“不错，我上星期是买了辆这样的车，”暴发户说，“但那辆宝马烟灰缸满了。”

195. 点菜

小王到一个高级餐厅里吃饭，服务员递给他菜单，小王识字不多，接过一看，见上面的字全都看不懂，又碍于面子不好意思问，突然他看到菜单的一边写着“上午”“下午”，于是小王扬起头，不慌不忙地把菜单递给服务员，说：“给我来一只上牛和一只下牛。”

196. 健忘

有一天，小王对同事诉说他的女朋友是多么的健忘。

“有一次，我女朋友去逛街，骑自行车去的，结果坐出租车回来。”小王说。

一旁的小张说：“这有什么，有一次我女朋友去逛街，坐出租车去的，结果骑了一辆自行车回来！”

197. 教什么

甲乙两人在饭后聊天。

甲：我们公司里有很多外国人，他们连一句中国话都不会说。

乙：那你们应该教老外说几句中国话呀！

甲：教了，我们教老外最多的就是三个字！

乙：三个什么字？总不见得是“我爱你”吧？

甲：看你想到哪去了！我们教老外的三个字是“我埋单”。

198. 不用担心

吉尔去乡下买房，一番挑选之后，他终于找到了一座比较满意的房子。

“这房子正合我意，可对面的工厂有点碍事。”吉尔表达了自己唯一的不满。

“哦，这您不用过分担心！”房主安慰道，“这对面的工厂是炸药厂，说不定什么时候就会爆炸成碎片啦。”

199. 流行

妻子在买时装时总是花钱如流水，丈夫很不满意。

这天，丈夫从画廊买回一幅人体艺术油画。

妻子好奇地问：“画家画女人，为什么总爱画裸体呢？”

丈夫答道：“如果穿衣服，万一这种款式不流行了，谁还会来买他的画呢？”

200. 节油高手

阿文有个哥们儿，酷爱开车却不愿买车，隔三岔五地向阿文借车。阿文脸皮薄，总是借他。可这哥们儿脸皮厚，还车时，车脏了不洗，油没了不加。

正巧最近油价又涨了，阿文就想趁这机会暗示一下那哥们儿，于是半开玩笑地告诉他："油价涨了，我烧不起钱了。"

谁知那哥们儿听了，拍着阿文的肩膀，自豪地说："放心吧大哥，我是老司机，我开车向来是很省油的！"

201. 优惠价

在一个小型聚会上，主人的儿子正在打爵士鼓。

一位客人对主人说："看得出来，你为了让儿子学打鼓，一定是花了不少钱吧。"

主人自豪地说："恰恰相反，我还得谢谢我儿子呢，多亏了他，我才能用半价轻而易举地买到了隔壁的房子。"

202. 打包

约翰和朋友去餐厅吃饭，后来朋友有事先走了，约翰看着满桌的美味佳肴，实在吃不了，便从兜里掏出一个很大的袋子，对侍者说："所有的东西，全部打包。"

伺者小心翼翼地提醒道："对不起，先生，菜您可以打包，但盘子得留下。"

203. 担忧

两个人在议论电视中广告的插播问题。

甲:以前都是一集电视播完后才播广告,现在倒好,每当电视剧到了紧要关头就插播广告了,有的在一集中连续插播几次。

乙:这倒没什么,只怕……

甲:还怕什么?

乙:只怕他们赚钱赚狠了,干脆播的全是广告,中间才插播一点电视剧!

204. 像婴儿

汤姆和迈克相约去拉斯维加斯豪赌,结果两个人都输掉了全部的家当。

几天后,两人见面时,汤姆对迈克说:“哦,我这几天睡得像婴儿一样。”

迈克:“真难得,你看得这么开?”

汤姆:“不,你难道不知道婴儿怎么睡觉吗,每睡一会儿就要起来哭一会儿……”

205. 酒后真言

某酒馆内,两个男人在聊天。

一个说:“这酒真害人,你瞧见我脸上的伤没?昨天我喝醉了,把以前结过婚的事情说了出来,今天就变成这副模样了。”

另一个说:“你这算什么,我昨天喝醉了,把以后还要再结婚的事说了出来，结果今天早上醒来发现，我已经被赶出家门，睡在街上了。”

206. 侮辱两次

饭店里，服务员对客人说：“只给五元钱小费，简直是侮辱人嘛！”

客人问：“那我应该给多少呢？”

服务员答道：“起码再给五元。”

客人说：“对不起，我怎么敢一下子侮辱你两次呢？”

207. 传播力

三个男人聚在酒吧里，争论着谁最有传播力。他们打赌：三人宣传同一件事，谁传得最快、最广，谁就胜出，期限为三天。

一个人便四处打电话告诉朋友，让朋友告诉朋友的朋友；另一个人在网上登出了这件事，他想只要别人一点击，即可知晓；第三个人在外面什么也没说，可是，第二天全镇的人都知道了他们所宣传的那件事。

三天后，他们又一次在原来的酒吧相聚。前面两人惊奇地追问第三个人：“你怎么会有那么大的传播力？”

第三个人淡淡地说：“没什么，其实我只是把那件事告诉了我老婆而已。”

208. 此法绝妙

有个顾客逛玩具店，发现两个木头鹿特别可爱。

不过，令他不解的是，它们造型、颜色完全一模一样，可一个标价 35 元，另一个标价 54 元。

他拿在手中，左看右看，实在看不出两者有什么差别，便掏钱买下了 35 元的那一个。

等顾客付完账走出玩具店，女店员轻声对同事说："这个方法绝对好，从不失效。"说完又拿出一个木头鹿放在柜台上，贴上了价格为 35 元的标签。

209. 豁达的棋友

张三与李四是一对老年棋友。

一天，张三去医院看病，被检查出为晚期癌症，立即住院治疗。

李四闻讯后忙去探望，望着张三鼻孔插着氧气管，他难过地说："咋说不行就不行了呢，以后想下棋……"

张三豁达地劝说李四："没啥，我先去那里摆好车马炮，耐心地等你，你也不用太着急。"

210. 当心身体

船行大海触礁将沉。众乘客哭天求地，只有一个乘客大口吞着煎饼。

众人说："啥时候了,还顾得上吃!"

这位乘客振振有词地回答:"不,俺有胃病,医生讲,千万不准空腹喝水呢!"

211. 画家与模特

身段优美的女郎告诉她的朋友昨夜与男朋友约会时的情景。

她说:"约翰要我摆好姿势,给他做裸体模特。"

朋友说:"你肯定告诉他说你不是一个模特儿。"

"当然,我说了,可是他说无所谓,因为他也不是一个画家。"

212. 帅哥

一天,八戒兴冲冲地跑来对唐僧说:"师傅,今天有人叫我帅哥了!"

悟空在旁边笑着说:"这呆子,一定又去上网了!"

213. 不是我的

在拥挤的火车上,一个怀孕的妇女想让她身旁的一位男子给自己让座。

于是她轻声对这个男子说:"难道你不知道我怀孕了吗?"

男子很紧张地回答她："这孩子不是我的！"

214. "难"圆其说

有个牧师，特别不会讲笑话，就去参加一个演讲班学习演讲技巧。

一天，老师做了一个多小时的演讲，最后说："我最好的时光是在一个女人怀里度过的，但这个女人并非我的妻子！"大家都怔住了。

紧接着那人说道："她是我的妈妈！"大家听了大笑不止，并热烈地鼓起掌来，他趁势结束了发言。

这位牧师也想试讲一下这个有意思的话。这天，他走上布道台，想把那个幽默再讲述一下，于是他拿起话筒，大声说："我最好的时光是在一个女人怀里度过的，这个人并非我的妻子！"

下面的听众惊呆了。突然牧师发现他把后面的内容给忘了，他显得十分尴尬，沉默了差不多十秒钟，竭力回想幽默的后半段，最后还是想不出，于是只好放弃道："……我实在想不起来她是谁了！"

215. 演员之子

培思是全国著名喜剧演员，他的儿子和他长得很像，人称"小培思"。

这天，保姆要带小培思到菜场买菜，临出门前，培思特地关照道：“孩子，要记住，在外面不要对人家说你是我的儿子！”小培思似懂非懂地点了点头。

也别说，小培思一进菜场就引起了轰动，围起了一大帮人：“你们看，这孩子像谁？”

小培思很生气，抬起头说：“你们别瞎猜，我不是培思的儿子。”

216. 抽烟的害处

甲乙两个流浪汉在街头相遇了。

甲问乙：“你怎么不抽烟了呢？”

乙回答说：“抽烟对我的腰没有好处。”

甲愣了片刻，说：“我只听说抽烟对人的心脏、胃和肺有害处，可没听说对腰有什么害处。”

乙说：“因为我得不时地弯腰捡别人的烟头。”

217. 司机的故事

小钟是个出租车司机，一天上路后，发现前面有辆老桑塔纳，后窗上贴着一张纸，上书：“车老，人新，请多留情。”下面还有一行小字，怎么也看不清楚了。

小钟想看看下面写的是什么，就把身子往前凑了凑，可还是看不清楚。他好奇心特大,越是看不清楚的东西就越想看,于是把车往前开了开,可还是不清楚,又往前开了 开,只听“哐当”一声,追尾了!

好家伙,这下也看清了纸上写的是什么,差点把小钟鼻子气歪了:“看,撞上了吧!”

218. 别跟我说话

一个男人坐在酒吧里,一脸忧愁的表情。侍者问他:“怎么了?和妻子吵架了?”

男人说:“我们打架了,她告诉我一个月都不跟我说话。”

侍者安慰他说:“不说话也好,还清静一点呢。”

男人摇摇头说:“你不知道,今天一个月就到期了!”

219. 在旅馆里

旅馆走廊上,挂着一块牌子,上面写着:请在夜间保持安静,切勿打扰旅客休息。

第二天早晨,人们发现牌子上这行文字的下面又添了一行小字:如果老鼠也能认字,那该多好啊!

220. 驴的故乡

一天,有个外乡人在酒吧里喝着酒,竟然大喊了一声:“总统是驴！”

旁边有个大汉立刻气势汹汹地走到他身旁，说：“喂，你怎么可以这么喊呢？如果你再这么喊，我就狠狠揍你一顿。”

“先生，真不好意思，”那外乡人立刻赔礼道，“我不知道这里是总统的故乡。”

“不，不，不，”那大汉纠正他说，“这里是驴的故乡！”

221. 你输了多少

一个女人常和朋友打麻将，三更半夜回到家里，总是会把丈夫惊醒，她觉得很抱歉。

一天晚上，女人从外面回来，决定不再吵醒丈夫，于是在客厅就脱光了衣服，光着脚丫蹑手蹑脚地走进卧室。

谁知道，她的丈夫正坐在床上看报纸，见她这副样子，大怒道：“你这个笨女人！是不是把衣服都输光了？”

222. 外交官

在一次外交官的晚宴上，一位刚到美国的外交官有点局促不安，因为每个人都要站起来讲几句话，但是他的英语实在不行。

先有贵宾说：“我们来敬东半球的女性一杯。”后来又有人敬西半球的女性一杯。

终于轮到那位新外交官讲话了，他站起来，紧张地说："各位，让我们为女性的两个半球干杯吧。"

223. 主动服务

两位老友在酒吧喝酒，其中一个抱怨道："作为大男人，我最讨厌女人在家里对我指手画脚，叫我干这干那的。"

"不会吧？听说你经常主动要求为嫂夫人洗头吹发的。"另一个不解地问。

"那是唯一的例外。要知道，只有那时候，她才会向我低头，并且任我摆布。"

224. 模范丈夫

一男子来到一家浴室，问售票的小姐："女浴室里面人多吗？"那小姐白了他一眼，没理他。

他以为小姐没听清楚，又问了一遍。那小姐狠狠地瞪了他一眼，骂了句："流氓！"

那男子听到后，很委屈地说道："我说不问，我老婆非要我问问。"

225. 要饭的哪去了

王明第一天到新单位报到，午饭时他到食堂吃饭，可食堂是按人头记餐的，王明去晚了，没饭了，于是食堂师傅让王明先上工地，稍后再蒸一盒饭给他送去。

一会儿，师傅端着饭菜到了工地，老远就大声喊道："刚才要饭的呢？那位要饭的哪去了！"

226. 房间的问题

一个在大城市"混得不错"的农村男孩，把他的母亲接到城里，他为老母亲在旅馆安排了一个带有独立浴室的房间。

第二天早上，男孩问母亲："晚上休息得好吗？"

"噢，不好。"母亲回答说，"房间倒没有问题，床也很舒服，但我没法睡好觉，可是我总担心有人想洗澡，而要想到浴室唯一的路就是通过我的房间呀！"

227. 见过吗

一天，在北京的公共汽车上，一个外地人手里扬着十元钱的票子对售票员说："见过吗？见过吗？"

售票员不理。

外地人又举着票子更大声地说："见过吗？见过吗？"

售票员按住火气，仍然不理，于是这外地乘客又反复说了几遍。

售票员不堪羞辱，终于勃然大怒，抽出一张50元的票子，在外地人的眼前直晃："你见过吗？"

外地人见状大惊失色，抱头鼠窜，嘴中直说："北京的售票员怎么这样呀？"

众人不解，一问才知：这外地人要买票，说的是"建国门"……

228. 再走一次

一个男大学生带着女友在城里散步，恰好路过一家饭馆。

女友赞叹道："噢！多香啊！"

男大学生很绅士地说："如果你喜欢，我们再从那饭馆门前走一次。"

229. 新年点歌

有一年过年，小王乘在出租车上。司机开着收音机，正在收听点歌台节目。

小王听到有个男人打电话到电台点歌，说："我是外地人，现在回家的车票买不到，只好在南京过年，我想点首歌。"

主持人问他："你想点歌送给谁？"

那男人说："我点一首陈小春的《算你狠》，送给南京所有车站的票贩子。"

230. 杀毒

老文是个电脑通，同事们的电脑一有问题都向他讨教。

一次，小谢来找他："老文，我的机子染上病毒了，能不能帮我杀一下？"

他的话音刚落，小侯急匆匆推门进来，说："先帮我杀一下吧！"

小谢说："我的电脑就在旁边，先杀我的吧。"

小侯不同意，还真的生气了，老文想了一想，说："小侯，你别急，我先杀小谢，杀完了他马上杀你，一样都要杀的。"

231. 请安静

酒吧里，一个男人在喝酒。突然他气愤地喊起来："呸！这酒里掺水了。"

"你喊什么？"酒吧老板说，"我强迫你付水钱了吗？"

232. 是谁创造的你

"你能告诉我是谁创造了你吗？"牧师问一个小男孩。

小男孩想了一会儿之后，抬头看着牧师说："上帝创造了部分的我。"

"这是什么意思，部分的你？"牧师不解地问。

"上帝创造出很小的我，余下的是我自己长出来的。"

233. 百万富翁

一位巴黎名媛在酒吧对她的朋友们说："看见那位仪表堂堂的先生了吗？是我把他变成了百万富翁！"

"哇！"朋友们惊叫起来，"你是如何办到的？"

"非常简单。"这位名媛得意地说，"在我刚结识他的时候，他是位亿万富翁。"

234. 醉人醒语

富豪酒店的夜班接线员，一夜连续十次接到同一个男人打的电话，那人只重复着一句醉话："请问酒店的酒吧间什么时候开门？"

接线员第十一次听到这话时气坏了，没好气地说："记住，蠢货，早上九点开门！"

醉汉哀求说："早点开门吧，我被锁在酒吧里了，我想离开呀！"

235. 事与愿违

一天，一位女士走进一家帽子商店。老板微笑着说："早安，夫人。"

"早安，"那位女士回答道，"你们橱窗里有一顶镶有红花蓝叶的帽子。请你把那帽子从橱窗里拿出来。"

老板说："好的，夫人。我很愿意为您效劳。"

女士们通常总要先看许多帽子，然后才选定一顶，弄得老板疲于应付。老板心想：我一定要很快地把这顶帽子卖掉——它在橱窗里放了很长时间了。

"夫人，您希望把帽子放在盒子里还是戴着走？"他问道。

"啊，我不想买，我只希望你把那帽子从橱窗里拿出来。我每天都经过你的商店，我不喜欢看见那里放着丑陋的东西。"

236. 广告

一位饭店的常客叫来侍者："你们这是什么意思？看看这块牛肉，昨天的那块可是这块的两倍！"

"昨天晚上你坐在哪里？"侍者问。

"关你什么事！我确信我昨天晚上坐在窗子旁边。"

"哦，是这样。"侍者笑着说，"这就很好解释了，我们给靠窗的顾客的通常是大块的牛肉，那是比较理想的广告位置。"

237. 最新信息

自助餐厅的伙计神色不安地向老板报告：这星期里天天都来的那个大肚汉，今天又创造了新纪录，他一餐吃的量，足够给五个人吃。

于是老板走到那个大肚汉面前，拍了拍他的肩膀："朋友，如果我每天给你十块钱，你到别处去吃，这样不是更好吗？”

大肚汉告诉他：“你不够意思！我可以向你提供一个最新信息：对面那家的老板给了我二十块呢！”

238. 海员的喜好

一群海员每次出海回来都要去娱乐场所放松放松。

有一天，一个舞女问他们：“你们海员为什么上了岸总喜欢逛舞厅或其他娱乐场所？”

水手回答说：“因为一下船就感到陆地不动了，不跳舞，人就站不稳。”

舞女又问：“那为什么还要喝酒呢？”

水手说：“因为喝了酒才会有晕船的感觉啊！”

239. 解酒药

餐厅里，一名顾客对服务员说：“我想，我的酒喝得太多了，你有什么东西可以给我解酒吗？”

服务员回答说：“有的，我马上把账单送来。”

240. 野鸭

有一个口味很挑剔的人到餐厅吃饭，在点菜时他问服务员：“请问你们这儿有野鸭吗？”

服务员想了一会儿回答说："野鸭倒是没有，不过，我可以捉一只家鸭，把它逼疯后再烧给你吃！"

241. 保险

侍者把约翰点的牛排端过来了。

约翰注意到侍者的大拇指正紧压在牛排上，于是不悦地说："我可没要你把手指头放在我的牛排上！"

侍者马上理直气壮地说："你想让我拿开手指 头，让它再掉到地上一次吗？"

242. 鱼翅

有一大款来到某镇，与镇长商谈合资事宜。

事情谈得很顺利，中午在镇办富豪大酒店举行宴会。

服务小姐拿来菜谱让大款点菜，这个大款把菜谱翻过来倒过去，看了好几遍，忽然问服务员："有没有鱼翅？"

服务小姐说："俺不清楚，待俺问问厨师。"

一会儿，服务小姐回来了，认真地说："先生，鱼翅没有，鸡翅行不？"

243. 不卖半份

杰克出去游泳，住进了一家极豪华的宾馆。

早餐时，他打算摆摆阔，就故意大声说："喂！小姐，来一份十英镑的早餐。"

进餐的人们听他这么叫，都用特殊的目光望着他，使他感到很是得意。

这时，一位服务小姐，来到他身旁，彬彬有礼地说："先生，实在对不起，我们这里不卖半份。"

244. 最聪明的交易

一个秃头男人走进美容院。

"我能为您做点什么吗？"发型师问。

"我想做头发移植，"那人回答，"可是我又怕疼。这样吧，假如您能使我的头发看起来和您的一样，而又不会让我经受任何痛苦，我将给您五千美元。"

发型师爽快的回答："没问题。"然后他迅速地剃光了自己的头发。

245. 吃炒饭

一个衣衫破旧的人来到一家小餐馆用餐："来碗炒饭。"

老板有点瞧不起他，说："我们这里的炒饭有三种，一种是蛋炒饭，两块一碗；一种是肉炒饭，五块一碗；再就是八宝炒饭，十块一碗，你到底是要哪种呀？"

那人从兜里掏出十块钱往桌上一拍……

老板见状，立刻赔着笑说："客人真有眼光啊，我们店里的八宝炒饭味道鲜美，回味无穷……"

那人打断了老板的话："少废话，蛋炒饭五碗！"

246. 菜盆

一个客人在一家小饭店里进餐，一只小狗对着他不停地狂吠。

客人道："这是怎么回事？我又没惹着它。"

老板娘忙过来打招呼说："对不起，它正在对你生气呢，因为厨房里盆子不够了，所以你用的菜盘是它的。"

247. 惩罚

两个男人在聊关于女人的话题。

其中一个对另一个说："你知不知道对于女人最大的惩罚是什么？"

另一个说："不知道。"

那个人得意地说："让她穿上美丽的衣服，然后把她关到没有镜子的屋子里！"

248. 兼职

一个人打电话给路灯管理所，说有一盏路灯坏了。

“修理它不会很麻烦，”他说，“因为我只要一踢灯柱，灯就亮了。”

“我们很难确定什么时候派人去修理，”管理所的职员回答，“但我可以告诉你，如果你能每晚把灯踢亮，我们可以让你在管理所兼职，并免费提供一双皮鞋。”

249. 减肥妙法

小明非常胖，总想着要减肥。

一天，小王告诉小明：“书上说想要减肥，就要少吃高热量的食物。”小明听后回家去了。

过了一段时间，两人又遇见了，小王惊奇地问：“你怎么又胖了，你没用我的方法吗？”

小明沮丧地说：“你的方法根本就不管用，你说要少吃高热量的食物，所以这段时间我每顿都把肉放凉了再吃，但我还是长了五斤肉。”

250. 金钱万能

在一家生意兴隆的咖啡厅旁，有一个公用电话亭，小张经常要去那儿打电话。

一天，当这部电话坏了，小张感到很不方便。尽管他一再要求电话局派人修理，可得到的仍只是许诺。

几天以后，有人与电话局联系说，再不用急着派人来了，电话已经修好，唯一不行的是每打完一次电话，塞进去的硬币总是如数跳出来。

没过一个小时，就见一个修理工匆匆赶来了。

251. 说话的资格

一个乞丐装哑，一整天讨得了不少钱。傍晚，他来到一家小酒店要喝酒庆祝一下。

喝了一杯后，他指着酒杯说："老板，再给我来一杯。"

老板很奇怪："喂！你不是哑巴吗？怎么今天突然开口了？"

乞丐抹抹嘴："老板，以前没有钱，哪有我说话的资格？"

252. 贺卡

一个盛产石油的酋长国的酋长和妻子正在欧洲度假。他们决定给朋友寄些礼物回去。

他们漫步走进一家美术馆，在那里他们选中了伦勃朗和毕加索的画。美术馆的经理说："一共是一百万欧元。"

酋长付了现金，转身对妻子说："亲爱的，明信片我们已经买好了，现在去买些礼物吧。”

253. 强盗餐厅

两个人在餐厅里面边吃边聊："我真是不明白，这家餐厅那么气派，为什么起名叫'强盗餐厅'呢？"

"等会你看看账单就明白了。"

254. 谁厉害

餐厅领班批评一位女服务员："跟顾客结账时要留神。刚才我听到那位秃顶的顾客在那里沾沾自喜，说他要了五杯啤酒，结果却喝了六杯……"

"可我收了他七杯的钱。"女服务员说。

255. 都是白天

外地人来苏格兰人家里做客。吃晚饭的时候，苏格兰人拿出鸡蛋饼招待他，并一再说鸡蛋是绝对新鲜的，都是自己家里养的鸡下的。

外地人很感兴趣，想看看养鸡场。

于是苏格兰人带他来到自己的养鸡场，外地人看到在每一个鸡笼的上方都挂着一盏电灯，便很好奇地问："这盏灯是干什么的？"

苏格兰人笑着说："我晚上把灯开一夜，鸡就以为又是白天了，又可以给我多下一个蛋了。"

256. 信守合同

有个人在一家银行的门口摆摊卖烤红薯，生意非常好。不久便积攒下了相当可观一笔财产。他的一个熟人听到这消息后，专门跑来，想从他那里借一笔钱去做买卖。

卖烤红薯的对那个熟人说道："太对不起了，这事本来是不成问题的。不过当初我刚开始在这里设摊的时候，已经跟这家银行订下合同：彼此决不搞残酷的商业竞争。也就是说，银行不卖烤红薯，我也决不经营贷款业务，我要信守合同的？"

257. 约会

一个年轻女孩与朋友约会。可等了一个半小时，朋友还没来。她以为朋友爽约了，就脱下礼服，换上睡衣和拖鞋，准备了一些爆米花，打算看电视。

不料，她刚在电视机前坐下来，门铃就响了。

她打开。她的朋友站在门外，上下打量她一眼，惊讶地问："我迟到了两小时——你还没有准备好吗？"

258. 禁酒演说

倡导禁酒的演说家来到一家酒馆，向着里面喝酒的人演讲道："你们这个地方，谁最有钱？是酒馆老板！你们这个地方，谁有最大的房子？是酒馆老板！你们这个地方，谁穿得最好？也是酒馆老板！可是，酒馆老板的钱从哪里来的？是从各位身上赚来的……"他话还没讲完，就被几个酒保赶了出去。

几天后，演说家在街上碰见一个男人，那个男人激动地称赞演说家那天的演说非常精彩，使他受益匪浅。演说家脸上露出满意的微笑，问道："看来您已经戒酒了？"

"没有，我也开了家酒馆！"

259. 戒酒

一个牧师在做礼拜时，向人们宣传戒酒。他说："如果我有世界上所有的啤酒，我将把它们全部倒进河里。"

接着，他进一步强调："如果我有世界上所有的葡萄酒，我也将把它们全部倒进河里。"

最后，他说："如果我有世界上所有的威士忌，我也将全都倒进河里去。"

他讲完了，便在座位上坐下。

这时，领唱圣歌的歌手微笑着宣布："下面让我们唱最后一首歌——《让我们欢聚在河边》。"

260. 死活不管

电影制片商对一个替身演员说："你应该从这悬崖跳下去。"

替身演员看了看脚下的悬崖，问："要是我受伤或者跌死了，那怎么办？"

制片商说："没事，这是最后一个镜头了。"

261. 创造性的午餐

乔治是建筑工地上的一名砖瓦匠，他总是抱怨自己午餐盒里的饭菜一成不变。有一天，乔治终于忍无可忍，大叫道："我今天回家一定要好好教训那个懒女人一顿！"

第二天吃午餐的时候，工友们都想看看乔治的妻子在丈夫的饭盒里放了什么"创造性"的食品。

乔治当着一大帮羡慕他的工友打开了午餐盒，这才发现午餐盒里装了一个椰子和一把榔头……

262. 更名

一家星级宾馆生意清淡，月底结账时，只有酒吧部略有微利，其余都收不抵支。

董事长召集各部门经理研究对策，会上，酒吧经理得意地说："我们挣钱，全靠一个'吧'字，进入酒吧，就会有一种如入仙境的感觉。”于是，会议决定，从下月开始，所有部门一律更名。

餐厅部改为“吃吧”，洗手间改为“拉吧”，卡拉 OK 改为“唱吧”，舞厅改为“跳吧”，住宿部改为“睡吧”，收费处改为“数吧”，而收费处后面连接出口的通道上方也赫然挂了块牌子：“滚吧”。

263. 服务有限

杰克乘坐的航班由于天气原因被迫降落在另一个机场，杰克非常生气，冲着空姐大发牢骚：“你看，这个时间我应该在家里喝上咖啡了。”空姐一边道歉，一边端上热气腾腾的咖啡。

杰克继续抱怨：“喝完咖啡，我太太早已把晚餐准备好了。”空姐再次道歉，将他带到机场餐厅。

酒足饭饱后，杰克打着饱嗝说道：“这个时间该我和太太上床休息了。”

空姐听了，连忙说道：“先生，这次事故是我们的不对，但我们的服务是有限的。”

264. 精明购物

一个农妇吵着要丈夫给她买顶绒线帽，丈夫却执意只给她买顶草帽，并理直气壮地说：“买草帽最划算，如果你以后觉得它过时了，不想要了，还可以给咱们家的山羊当草料！”

265. 不止此数

一位著名诗人的妻子穿着一套华丽的晚礼服出现在宴会上，艳惊四座。

有人对诗人赞赏地说："太棒了，您太太今天的装扮简直就像一首诗！"

诗人摇头答道："岂止是一首诗，她的衣服足足花了我半部诗集的稿费！"

266. 不喝啤酒

啤酒节结束后，几个啤酒厂的老总决定一起去喝一杯。

几人坐下后，海鸥啤酒厂的老总马上叫道："伙计，给我来一瓶全世界最棒的啤酒，海鸥啤酒！"

飞鸽啤酒厂的老总也不甘示弱，说："我要啤酒之王，飞鸽啤酒！"

只有雄鹰啤酒厂的老总不紧不慢地说："给我来一瓶可乐。"

另外几个老总惊奇地盯着他，说："为什么不喝你的雄鹰啤酒呢？"

只见这个老总淡淡一笑，说："哦，你们都不喝酒，我怎么好意思一个人喝呢？"

267. 优待俘虏

老王老两口是退伍军人，宝贝女儿给他们找了个洋女婿。女婿来家吃饭时，丈母娘总是一个劲儿地给洋女婿夹菜，女儿看着满心高兴，嘴上却装作吃醋的样子说："妈，你咋就只给他夹，不给我夹呀？"

老王听了打趣道："你妈这是继承了我军的优良传统——'优待俘虏'！"

268. 优点

两位绅士在一间酒吧喝酒，正喝到兴头上，突然有一位美女从他们身边走过，一个绅士说："这位女士有个优点，就是一见到她我就想犯罪！"

另一个跟着说："她还有一个优点，那就是在你犯罪后，思念她将是你大牢生活的精神支柱。"

269. 沉醉

两个朋友一起到国外旅游，玩得不亦乐乎。

这天，她们一起走进一家挂满漂亮衣服的服装店，一件接着一件地试穿起来，店主看着她们把衣服不停地换来换去，一脸茫然。

后来总算来了位会讲汉语的顾客，好心地提醒她们说："女士们，这是服装干洗店。”

270. 化妆

这天，老板来到公司质检部，沉着脸批评部长说：“我已经不止一次听到反映，说你们部里有些人在上班时间化妆，你这个部长是怎么当的？”

老板走后，质检部的女士们正准备着听部长一顿痛骂，不料部长不仅没骂人，还说：“别听他的，大家应该化妆！”顿时，女士们一片欢呼。

接着，部长又补充说：“长得这么难看还不让人家化妆，哪有这个道理！”

271. 八宝鸭

老外杰克来到中国后，对奇妙的中国美食既爱不释“口”又弄不大明白。有一天，一个中国朋友请他到家里做客，还特地做了最拿手的“八宝酿鸭子”招待他。杰克看着这只外表平淡无奇、完完整整的鸭子，实在不明白有什么特别的。

可当朋友用刀切开鸭腹，露出里面装着的红枣、火腿、香菇、糯米等美食时，杰克吓了一跳，瞪着眼睛看了半天，说：“你们中国的鸭子就是吃这些饲料长大的？怪不得北京烤鸭那么好吃！”

272. 钓鱼

汤姆出门钓鱼，可坐了一整天，一条鱼都没钓到，只好收起鱼竿，悻悻地回家。路过附近的海鲜店时，他扯着嗓子对卖鱼的老板说：“老板，给我挑四条鲶鱼，最好个头大一点。”

老板一看是汤姆，便问：“为什么一定要大的？”

“我想告诉我妻子那是我钓的鱼。”

“噢，是这样，那我建议你买罗非鱼。”

“为什么？”

“你妻子今天早上来过了，她说让你买罗非鱼，晚餐她就想吃这个。”

273. 见不得光

有个领导模样的中年人，来到一家小卖部，掏出一张一百元的钞票，说要买一包香烟。卖香烟的老大娘接过钱后，对着灯光照了起来。

中年人拍着啤酒肚很自信地说：“你百分之百的放心，我的钱绝不会是假钞。”

“谁说你的钱是假钞？”老大娘白了一眼中年人，“我是看你的钱见不见得光。”

274. 守规矩

八十岁的老母亲在农村很少看电视，这年春节，她儿子接她到城里住一阵。

晚饭后，儿子陪母亲一起看电视。每逢电视里出现男女亲热的镜头，母亲总要背过脸去不看。

有一次看完《新闻联播》后，母亲评论起男女播音员来："看这两个年轻人不但人长得俊，还特别规矩，说了半天话，愣是谁也不看谁一眼。"

275. 铺垫

儿子问："爷爷刮胡子为什么要先涂上肥皂水？"

爸爸告诉他："这叫铺垫，再刮的话就不痛了。"

儿子听了，马上建议爸爸："你以后也要学会铺垫，别直接批评我。"

276. 叫我好找

古时候有个人记性极差。

一天，他带着小儿子出去玩，一时高兴，便把小儿子举起来，让他骑在自己脖子上。

过了一会儿，他忽然发现儿子不见了，心里立刻紧张起来，逢人便问："你看见我的儿子了吗？你看见我的儿子了吗？"

旁边的人看见了都哈哈大笑，说："哎，你脖子上的那个不就是吗？"

这个人猛地醒悟过来，一把将儿子从脖子上揪下来，狠狠打了一巴掌，骂道："混蛋，叫你别乱跑，你偏不听，刚才你上哪儿去了？"

277. 奇怪的陈列

顾客：你们这里的商品陈列真怪，怎么把萨克斯管同手枪放在一起？

店员：这有什么奇怪的？只要有谁买萨克斯管，过不了多久，他的邻居准来这里买把手枪。

278. 以免误会

凯瑟琳在家大扫除，在阁楼上发现一把旧猎枪，她不知如何处置，便打电话给父母。

凯瑟琳的父母建议道："把枪交给警察局。"

接着凯瑟琳的母亲又补充说："记住先打个电话通知一声，不要拿着枪就走进去。"

279. 妙语

有一个有钱人请霍夫曼到他家做客，吃完饭，这位有钱人得意地领着霍夫曼参观他的豪华住宅，边走边装作漫不经心地说：“我一个人需要三个仆人服侍！”

霍夫曼不甘示弱地说：“我单洗澡就有四个人来服侍，一个给我放好浴巾，另一个试水温，还有一个检查水龙头。”

有钱人听后甘拜下风，问道：“那么第四个呢？”

霍夫曼不紧不慢地说：“噢，第四个人，他是最关键的——他代我洗澡。”

280. 彩排

春节快到了，这天晚上电视台正好在播春节联欢晚会联合彩排的新闻，儿子看到后对爸爸说：“爸，您该给我压岁钱了！”

爸爸说：“这还没过年呢，你着什么急呀！”

儿子笑着说：“这两天我零花钱快没了，您就照着压岁钱的标准先给我吧，咱们也彩排一次！”